AAA

广西诗歌年度排行榜

（2013—2015）

三个A　黄开兵　编

AAA GUANGXI SHIGE
NIANDU PAIHANGBANG

广西人民出版社

图书在版编目（CIP）数据

AAA广西诗歌年度排行榜.2013～2015 / 三个A，黄开兵编.—南宁：广西人民出版社，2015.12
ISBN 978-7-219-09719-9

Ⅰ.①A… Ⅱ.①三… ②黄… Ⅲ.①诗集-中国-当代 Ⅳ.①I227

中国版本图书馆CIP数据核字（2015）第306366号

策　　划　吴春霞
责任编辑　曾蔚茹
责任校对　林晓明
整体设计　李彦媛
印前制作　麦林书装

出版发行　广西人民出版社
社　　址　广西南宁市桂春路6号
邮　　编　530028
印　　刷　广西民族印刷包装集团有限公司
开　　本　787mm×1092mm　1/16
印　　张　16.75
字　　数　190千字
版　　次　2015年12月　第1版
印　　次　2015年12月　第1次印刷
书　　号　ISBN 978-7-219-09719-9/I·1845
定　　价　46.00元

AAA 广西年度诗歌排行榜（2013—2015）

（以推荐上榜时间为序）

蒋彩云（7首）	大　朵（4首）
荣　斌（7首）	周　丹（2首）
拓　夫（9首）	张小舍（2首）
羽微微（1首）	三个A（7首）
张黄成（1首）	荷　说（6首）
胡子博（1首）	牛依河（1首）
黄仁锡（7首）	侯　珏（2首）
蓝敏妮（5首）	唐　女（1首）
石薇拉（7首）	陈振波（1首）
划　痕（6首）	姚子贵（1首）
庞　白（3首）	吉小吉（1首）
陆辉艳（4首）	甘谷列（1首）
黄　芳（1首）	刚　子（4首）
苦楝树（6首）	周统宽（1首）
刘　春（1首）	方　糖（1首）
八　两（1首）	陆　索（1首）
黄土路（2首）	非　亚（1首）
石　语（1首）	海　马（1首）
举　子（1首）	田　湘（1首）
刘　频（2首）	覃国钧（1首）
黄　锦（2首）	寒　云（1首）
盘妙彬（3首）	吕小春秋（1首）
谭延桐（1首）	杨　合（2首）
黄开兵（7首）	黄小线（1首）

前　言

不知从何开始，看着纷繁的诗坛，忍不住想要干点什么，桂中水城文学沙龙诗歌交流平台就此运行而生。那是在 2012 年的某个晚上，我和侯珏、石语、小小夏和姚子贵在绿岛 KTV 的一个包厢里宣告成立桂中水城文学沙龙年度奖项。三年来，除了首届主要以本土诗人、作家为主，第二届和第三届面向全国，获得年度诗人奖的有澳门诗人姚风和北京诗人沈浩波、侯马，获得新锐诗人奖的有广东的湘莲子、浙江的起子以及甘肃的莫渡，西安的伊沙和老 G 获首届年度翻译奖，因为主持《新世纪诗典》，我们在第二届把年度伯乐奖颁给伊沙。

做广西诗歌排行榜，是去年一次诗会上获得的启发。在与同行聊天时，我有意无意地透露出我的想法，有人支持也有人反对，反对的人也是出于好心，说这样做可能会得罪人；支持的人认为广西应该有这样的一个榜，把真正的好诗和好诗人推荐出来。当我陷入做还是不做的犹豫之中时，几位重要的诗友和兄长表示支持，让我最终决定要搞起来。是的，是时候必须搞一搞了，在这个大多数人都急于发声的年代里，还有一些人愿意沉默着。但解决问题不是我要做这个榜的初衷，我只是想为真正的好诗和好诗人做点力所能及的事情，仅此而已。

还是言归正传吧。在我决定要搞这个榜时，就想到会遇到各种问题和困难。首先是微信公众号，我找到了西安诗人左右帮忙。在作品的编辑上，我是个技术盲。幸好在我发布作品的第三天，河池籍诗人黄开兵看到我推荐的作品，主动联系了我，把他关于编辑的想法告诉我，我们深入交流，最后一拍即合，决定共同做好 AAA 诗歌排行榜。让我大为惊喜的是，无论是对广西诗歌的理解还是对作品的要求和选择，我们都是最好的搭档。用两个字形容：绝配。我想说的是当上帝真心要你去做一件事情时，一定会安排你遇到最好的伙伴。不管你信不信，我反正信了。

在选取稿件方面，我们以约稿和自选为主，凡是我们能看得到的好诗，都会拿来与大家分享。若有人提出疑问：为什么一些有名的诗人没上这个榜？我的回答是，这个榜不是选名诗人，选的是好诗，至少像选名诗一样去选诗。不管你在别的地方发表过多少，如果达不到我们的推荐标准，我们就不选。我们只选诗人最好的作品包括代表作。"大锅搅稀粥"的事不是我们的方向。当然，我们精力有限，也肯定有些好诗被我们遗漏，这是我要说抱歉的。但是不要紧，明年还有机会，我们还会做下去。因为要推荐的作品要求是 2013 年以后创作的，此外的作品再好也不能推荐，这是原则。

排行榜强调的是诗人今天、此刻的状态。过去你写得不好不要紧，现在写好了你就是我们心中的明星；今年你写得不好不要紧，明年写得好了就是我们心中的诗神。我们会对推荐的每一首诗负责任，还会指出这首诗好在哪里，好到什么程度。我们不玩朦胧、不玩心计，不故弄玄虚，不声东击西，不趋炎附势。我们有自己的想法，我们的想法可能与你的一样，也可能不一样。所以，我们必须按照我们的想法努力做好我们正在做的一切与诗歌有关的事情。明眼人会看着我们，上天也会盯着我们推荐的每一首诗，说的每一句话。我们的爱是干净的。我们不求取回报，也不需要怨恨，我们只有热爱和真诚。我们会把一颗赤诚的心捧在手上，献给心中最敬爱的诗神。

排行榜最初的想法就是年度推荐结束后能结集出版。没想到炒股让我亏了钱，出书的费用没了。就在我陷入苦恼之际，得到了广西作家协会的大力支持。像我和黄开兵这样穷得只剩下诗歌的人，这才是真正的重磅利好。还是那句话：上帝让你去执行一个使命，必定会在你最困难和最关键时刻，安排一个人拉你一把并助你一臂之力。

本年度排行榜我们还评出了"广西年度十佳诗人"。对获奖诗人我们不再另写授奖词，若想了解他们的获奖理由，请看我们每一首诗后面的推荐语，综合起来都已经写得很清楚。实力是明摆在那儿，获奖就变得理所当然。至于权威与否，我们认为好的诗歌就是最权威的。什么是好的诗歌？请读本书。

我们力量太小，改变不了未来，但可以努力让今天有所不同。

感恩！感谢！

三个 A
2015 年 11 月

目 录

好多零食

蒋彩云

爸爸不在家
家里多了好多零食
妈妈分给狗狗一点
让它不要乱说
其实……
其实我才是真正的间谍
因为有秘密
因为我保证保密
得到了好多好多好吃的

【作者简介】

蒋彩云，90后在校大学生，广西桂林人，爱读书，爱幻想，喜欢摄影、书法、网球、瑜伽。

【三个A推荐】

我开始想到要做一个"广西年度诗歌排行榜"，提出这个想法后，考虑大家的意见和建议，还是用最初在去北京的火车上吉小吉提出的"AAA诗歌排行榜"（名称不同，但是方向和内容是不变的），希望尽我个人微薄的力量，为大家提供一个比较直观的广西年度诗歌创作姿态。这是一项出力未必讨好的工作，但是想到自己真心热爱诗歌，我又放开干了。最先想到的是推荐蒋彩云的诗歌，之前我读过她不少作品，觉得她有潜力。当晚读了她发来的诗歌，似乎又觉得没有那么好了。我开始犹豫要不要第一个推荐她，毕竟我要为自己选出来的诗歌负责。我还是不甘心，我想应该相信自己的感觉。于是再去看看她贴出来的诗歌。果然，她的诗还是如我想象中那么好，比如《好多零食》。"AAA 诗歌排行榜"只以诗歌质量说话。

【黄开兵编后随记】

一点点狡黠、可爱、顽皮……这就够了吗？当然够了！殊不知多少人写了一辈子，都不知道什么叫作有趣。

看风水

荣 斌

堂哥的死

让我心有余悸

他出事的

那天下午

我正趴在办公室

打瞌睡

恍惚之间

堂哥在我面前

突然出现

他的笑容

那么灿烂

到了晚上

老家来电

堂哥死了

在他自己的矿口

被塌方的

泥浆和矿石

砸得面目全非

闻此噩耗

我痛心疾首

从此

我被这件事

困扰了

整整两年半

直到上个月

我才找来

风水先生

谭老师傅

他说我家坟山

肯定出了大问题

于是我带着他

回到老家

寻找症结所在

我们翻山越岭

勘查了

十几座祖坟

从我父亲

到我爷爷

再从伯娘

到我奶奶

一直到

爷爷的爷爷

再到

奶奶的奶奶

探了个遍

最后

在一座

不知名的

祖宗坟前

终于发现端倪

只见

一丛乱竹

横在坟墓正前方

谭老师傅说

这卦坟地

大有问题

乱竹挡道

这是典型的

万箭穿心

于是我找人

开着钩机

扛来汽油

先烧后挖

将这满坡乱竹

连根拔起

【作者简介】

荣斌（本名韦荣兵），壮族诗人，祖籍广西来宾市凤凰镇。1970

年 8 月出生，在黄土高原度过童年时代。1992 年加入广西作家协会，曾先后供职于柳州人民广播电台、新华社广西分社等主流媒体。现为南宁市西乡塘区文联副主席、西乡塘区作家协会主席，广西民族大学相思湖学院客座教授，《西乡塘诗刊》出品人，系鲁迅文学院第九届少数民族作家班学员。作品见于《民族文学》《诗歌月刊》《山东文学》《广西文学》等刊物，出版有诗集《紫色尘缘》《面对枪口》《卸下伪装》《荣斌先锋诗选》等。作品集获广西 2014—2015 年重点文学创作扶持项目，并荣获第五届广西少数民族文学创作"花山奖"、广西来宾市文艺创作最高奖"麒麟奖"等奖项。现居南宁。

【三个 A 推荐】

好的诗歌创作潜意识里都具有先锋的自觉性。我不相信谁能用陈旧的意识和腐朽的思想写出优秀的作品。在我眼里，荣斌作为广西一线实力诗人当之无愧。我曾经为今天推荐他的这首诗歌写过一个短评：记得第一次到荣斌办公室，无意中在茶几上读到他的《原谅》，兴奋得直想吼叫。继而从他的电脑里读到《一个坏蛋的泡妞笔记》等作品，我感觉既惊喜又踏实。我对同仁写出的如此漂亮的诗歌有种相见恨晚的感觉。诗人就于吾身边，就是吾之好友。这是多么美妙的事情啊！

当昨天读到荣斌新作《看风水》，又忍不住要说几句。徐江在选编《给孩子看的诗》时，曾经在微信群里提过，在诗歌写作的几种类型中，他把"人文关怀"视为最高级的写作。荣斌的《看风水》，我认为就是人文关怀的上品佳作。

从堂哥出事时，微笑着向我道别，风水师说到"我"家风水有问题，"我"带着风水师回去看风水，不辞辛劳地翻山越岭，勘查了十几座坟山：最后/在一座/不知名的/祖宗坟前/终于发现端倪。活在当下的大多数人何尝不是如此：有事没事总喜欢刨根问底，去寻找自己想要的答案。却忘记了生命中还有太多的空白需要去填补。理想的空白，人情的空白，寂寞的空白。呐喊变成梦呓，欲望淹没思考。当真正的悲痛涌来，唯有感叹，唯有欲哭无泪。

为让逝者安息，告慰亲人在天之灵，让生者更好地活着：于是我找人/开着钩机/扛来汽油/先烧后挖/将这满坡乱竹/连根拔起。嗯，在飞速运转的时代，当愚昧与文明发生冲突，荣斌不会就此停止。他还要拔掉扎在身体里的生锈钢针，心灵上的毒瘤，思想里的癌症。

人文关怀不只是空话。我们周边很多所谓的老好人，都不过是披着羊皮的狼。荣斌的诗在系列妙趣横生的语言的串联中戛然而止，意味深长。麻木的人性，自我矛盾的行为，人类学中永无法解开的种种交织的关系。唯有诗意是万能的锁匙，她轻盈、飘逸、敏捷，无所不能。她跟着诗人进入万物载体，把不幸的疼痛和悲伤的色彩抹掉。

诗歌写作忌讳的是凭空臆想。包括我自己有时也犯这种毛病。但是一开始，荣斌便用神来之笔解决了这个难题："那天下午/我正趴在办公室/打瞌睡/恍惚之间/堂哥在我面前/突然出现/他的笑容/那么灿烂……"虚不虚，实不实。虚实交相辉映，水乳交融。画面栩栩如生，令人动容。其诗歌技艺与情感的交融，浑然天成。与诗坛众多矫揉造作、无病呻吟的伪作相比，荣斌的诗歌品质显得如此难能可贵。

我梦见掉了一颗牙齿

拓　夫

不知怎的
这颗牙齿突然掉了
我拿在手里仔细端详
上面还清晰地留有
牙医清理的痕迹

百度解梦
说这是不好的预兆
家中会有长辈去世
或者　会有口舌是非
甚至可能有水难
要远离水

这当然是迷信
但我还是把长辈们挨个
想了一遍
还好　我刚刚见过他们
爷爷奶奶　父亲母亲
昨天清明

我刚刚祭拜了

他们的墓地

口舌是非就好办了

我不争就是

有什么好争呢

多少年后

无非都是一抔黄土

至于水

我也可以远离

我会站在远处

遥望江河　湖泊　深池

表达敬意　祈求它们

不要伤害我

我还有很多事情要做

等田里的禾苗长高

山上的树木成林

井里的泉水喷出

在外地打工的侄子回家

儿子娶妻生子

天空没有阴霾　马路不再拥堵

我的诗歌能够传诵

即使梦里

牙齿都掉光

那又有什么关系

【作者简介】

拓夫，壮族，来宾人氏。先读中文，后修传播。工作 27 年，一半刊物累，一半机关磨。儿时放过牛，喂过猪，砍柴上山，摸鱼下河。烟不沾，酒茶可。天天上班，偶尔写作。半百年纪，愚夫一个。无甚出息，也不难过。

【三个 A 推荐】

人活在复杂的世界，难免遭遇各种是非，就算是在梦里也难得清静。好在"我"对此很坦然。这便是情怀。一个人的情怀大小决定其作品质量的优劣。拓夫近几年的作品大有变化，其委婉朴实的叙述中蕴含了现代诗歌的重要元素——阅读中的趣味和阅读后的玩味。这种元素在当下越来越多的新诗作品中显得弥足珍贵。世界永远都在变化，当你站在原地还自我感觉良好时，别人的笑声你已经无法领会了。拓夫在坚持中通过不断接纳和改变，最终成为写作者的精神榜样。

【黄开兵编后随记】

梦境和现实之间到底有什么联系？几乎每个人都想过，也留下了许许多多与之有关联的艺术产品。本诗大题小做，絮絮叨叨，呈现的是个人生存的压力以及各种大小的愿望，无奈中有洒脱。

良家妇女

羽微微

她从来没有离开过自己
哪怕影子也没有离开过，哪怕
一次。她上班，下班，下班途中
买菜。在孩子的作业本上签字
在夜里奉上妻子的战栗
和喘息。如此恰好，她就像
一首精心雕琢过的诗
太像诗。她盘发，微笑，不吵闹
她的手袋精致，里面藏有
身份证，钥匙，护手霜，钱
和小小的一枚
杜蕾斯

【作者简介】

羽微微，女，本名余春红，出生于 20 世纪 70 年代末，广东省茂名市人。曾获人民文学诗歌奖、《诗选刊》先锋诗人奖。作品见于各文学刊物及年度选本，出版有诗集《约等于蓝》。

【三个 A 推荐】

我不是个懂评论的人。因此，面对好诗我总是不知道该从何说起。好在不懂评论不影响我欣赏好诗。我与羽微微早在十多年前就在网上有交流，去年才有缘在桂林诗会上一见。十多年来，她的诗歌风格及记述技巧变化不大，大体形成了相对稳定的一种"写法"。在世俗琐事的烦忧和束缚中，其实每个人的心底都有一个美好的愿望。《良家妇女》是佳作，也是羽微微写作的秘密武器。

【黄开兵编后随记】

读完此诗，第一感觉就是诗和作者的名字一样，羽毛微微颤动。这首诗写得细致、从容，非常日常而又准确。断句也颇具匠心，技巧娴熟，最后的"杜蕾斯"来点小意外，却又在情理之中，紧扣诗题，让人不禁玩味……

房　子

张黄成

时代广场上发广告的姑娘并不漂亮

也不算性感，她只是白

但我能想象

她在我精心布置的房子里

哄孩子睡觉的动人模样

她转过身来正要唤我

可我看了看广告上的房价

默默走开，给自己点了一支烟

【作者简介】

张黄成，男，1985 年 8 月 2 日生，广西柳州人，现居柳州，从事装修工作。

【三个 A 推荐】

张黄成，跟我和黄二并不相识，他是主动给我们投稿的，对于主动投稿的作者，我们都会特别重视。《房子》这首诗仅用寥寥数语，便道尽生活中的种种无奈和心酸。

【黄开兵编后随记】

读了张黄成的几首诗歌，都是很接地气的作品。我们之所以选择这一首来进行推荐，是因为他写出我们曾经都有过的那么一瞬间。

中国黑人

胡子博

他不是皮肤黑
也不是做事黑
更不是心黑、思想黑
但在黑眼睛黑头发的祖国
他被称为黑人

【作者简介】

胡子博，男，1972 年 10 月出生于山东小镇张秋，现居桂林。某出版社编辑，著有诗集《不可知的事》。

【三个 A 推荐】

在我的阅读经验中，很多人写的所谓长诗，其实只是把一首短诗分行来写而已。而我看到诗坛上很多有点小名气的诗人，其作品还只是停留在模仿阶段。这样的诗人竟然有所谓的批评家为其写文字叫好，真是不可思议。当然，这些话与我要推荐此诗无关。胡子博是个很纯粹的诗人，其对诗歌的追求及思考都可以通过他的作品看得很清晰，有时候他宁愿走偏了也不甘心与庸人为伍。我欣赏这样的阳光写作者。《中国黑人》的写作看似有点粗粝，却代表了胡子博近年来写作的最高水准。

【黄开兵编后随记】

有这样一类诗歌，读后让人想：这样的想法我也有过，只是没写下来而已。更多的人还会这样说：这也算诗？老子一天可以写一百首！有过想法，没有写，人家写出来了，所以人家就是诗人。说这样的诗每天能写一百首的人，我敢保证，他肯定一行诗都写不了。

阳台的功用

黄仁锡

她四岁

乖巧

可爱

是朋友的孙女

她总喜欢

跑到阳台去

在我和朋友

喝酒的一个小时里

她跑了十几次

问她去做什么

她在我耳边

轻声说

放屁

【作者简介】

黄仁锡，壮族，1966年3月出生，广西金城江人，"五点半诗群"

成员。诗观：写出生活中真实自然的诗意。

【AAA 推荐】

但凡被伊沙在《新世纪诗典》中推荐过的广西诗人，我都有很深的印象，如黄仁锡。原因在于一是那些诗写得好，二是我每天都在关注《新世纪诗典》。但凡有人问我如何写好口语诗，我都会推荐他们读《新世纪诗典》或者去看伊沙的微博，看他每天推荐的好诗，那是全球最好的中文诗歌大学。黄仁锡这首《阳台的功用》丰富有趣，耐人寻味，越看越喜欢。

【黄开兵编后随记】

我喜欢黄仁锡大哥的诗歌，我一直在关注他的创作。他的诗平实、朴素，他是我所认识的诗人中诗作和为人最一致的。是的，他甚至很土，一眼望去便知道是个乡下人。他的诗歌也一样，带着乡下人的土气，还有乡下人特有的那种幽默感。我这么说，如果你把他的诗歌理解为低级的，那么你就错了。这才是最高级的诗歌，是活出来的诗歌。

我和四个疼躺在床上

蓝敏妮

每个疼都穿着红衣
黑色的被子下飘荡一角衣襟
疼痛一手一手地向外掏我

那四个疼都无声无息
只有我数着药液一滴一滴
看着它长出尖尖的牙齿
咬我的眼睛
我终于喊出"我想要家属进来"

那四个疼依然不动
红色的一角衣襟兀自飘着
我觉得我比那四个疼更疼

"让家属进来"
"你没有家属"
那四个疼翻身而起
一个疼是我掰断的花枝
一个疼是我吹跑的蚂蚁

一个疼是我吃掉的野狐
一个疼是我丢弃的种子

四个疼站成四颗尖尖的牙齿
绝望地闭上眼我瘫成一张皮
突然
我被一个缓慢的声音扶起来

【作者简介】

蓝敏妮，20 世纪 70 年代末出生，广西来宾市忻城县广播电视台节目主持人，2013 年 7 月开始诗歌写作。有诗作发表于《广西文学》《红豆》《中国诗歌》等刊物。

【三个 A 推荐】

在 1 月底的《新世纪诗典》南宁诗会上，蓝敏妮表现不俗，获得众多赞誉。她的这首《我和四个疼躺在床上》，读来让人隐隐作痛，是一首"用生命去经历"出来的好诗。所幸的是，她没有被病魔打倒，更具象化的写作对她来说是一种挑战，但这是一条大道。《我和四个疼躺在床上》就是很好的证明。

【黄开兵编后随记】

四个疼，每一个疼看起来都那么细微、渺小，甚至让人觉得微不足道。但也是这种细微、渺小，看似微不足道的疼，才是深入内心的疼，就像那尖锐的针、像那薄刃的刀……

寻　找

石薇拉

我一遍遍地
翻着号码列表
只为找到一个
不存在的号码

【作者简介】

石薇拉，十二岁，就读于来宾民族中学。2014 年开始习诗，在《诗潮》《诗选刊》《红豆》等刊物发表作品。作品入选徐江选编的《给孩子们看的诗》及伊沙主编的《新世纪诗典》。

【三个 A 推荐】

石薇拉第一次参加朗诵会时，朗诵了伊沙和老 G 翻译的布考斯基的作品。后来我问她，你有什么爱好，想不想写诗？她说不懂怎么写。后来她还是写了两首，我跟她说有一首写得好，有一首不行。此后她停了很久没有再写，但偶尔会翻阅我购买回来的《新世纪诗典》等诗集。在 2014 年底的一天，我和小小夏等朋友吃饭回来，她突然写了两首，我看了很是惊讶，因为写得真好。为了勉励她写诗，我曾经给予她奖励，后来觉得奖励是多余的，她完全超越了我的期待。短短的几个月时间，她一口气写几十首。

【黄开兵编后随记】

假如没有好诗，我们宁愿暂停，也不愿意违心推荐一首自己并不看好的诗。正在犯愁的时候，我记起石薇拉。我读过几个孩子的诗，真让人羡慕妒忌恨啊，他们都是天生的诗人，石薇拉就是其中的一个。这诗写得非常老练。让人难以相信其出自一个十二岁的小女孩之手。

我如此赞美母亲

划　痕

你和棉花、稻谷、红薯和大豆一样
是从地里长出来的
连呼出口气都带着浓浓的泥土味道
笑容就像细碎的油菜花开

我爱你，你脚下的污泥我也爱
所以我不会把你从泥土中拔出来
洗掉泥土后再大声赞美：啊！多么干净的母亲

【作者简介】

划痕，广西巴马县人，生于 20 世纪 80 年代初。

【三个 A 推荐】

谁若说写口语诗的诗人只爱口语诗，那说明他还是不太了解诗
歌，说明他不了解诗歌发展的规律以及现代诗已经走到何种程度。在
做 AAA 年度排行榜时，我们一直希望能推荐一些写得好的抒情诗，
比如划痕这首《我如此赞美母亲》，结实干净！在空洞的伪抒情泛滥
的诗坛，此诗显得多么可贵。当然，她的好诗还不止这首，以后将会

陆续推荐。

【黄开兵编后随记】

好像是某次在 QQ 群里，我说自己是巴马人。划痕就加我为好友。她说她也是巴马的。我们简单聊了几句后就各忙各的。我觉得，很多人写作的最大问题还是观念上的原因。一百个人写一个模样的诗歌，一千个人写一个模样的诗歌，这是非常可怕的。一个人的写作，当她打破自己的惯常，就是出好作品的时候。这首诗在划痕的诸多作品中尤其明显。

看，那马

庞　白

草原上那匹马

不理会远处的森林

它低头吃草

也不理会远处顶着白云的森林

不理会身边嫩绿和嫩黄的花

在山坡上起伏

它埋头于帐篷不远的草

那么安静

它就像只会埋头吃脚下的草

不会跑到远处那片森林里去

像身边的马桩

一万年前就埋在那里

现在还在那里

根部腐烂成了泥土的一部分

裸露在地面上的那部分

仍然立在地面上

只是比脚下的草高出一点点

【作者简介】

原名庞华坚，笔名庞白。居广西北海市，为中国作家协会会员。出版有诗集《天边：世间的事》等。

【三个 A 推荐】

在广西诗人中，我与庞白相识算是比较晚的。当时我们参加来宾作家协会组织的金秀采风活动，一起搭乘荣斌的车返回，才得以深聊。再次见面是在《新世纪诗典》南宁诗会上，当时我忙于各种事务，也没有太多时间交流。我和一个朋友谈到庞白的诗歌时，她给了非常高的评价。庞白这首《看，那马》，写得扎实，画面漂亮，令人过目不忘。

【黄开兵编后随记】

AAA 说与庞白相识比较晚，而我与庞白还没相识呢。这跟推荐一首好诗有什么关系？没有！三个"不理会"，是为专注、心无旁骛。我愿意这么理解，这是一首关于思考个人写作的诗，于是，他就不仅仅是"高出一点点"了。

环

陆辉艳

为了避免在众多的婴儿中被混淆

你出生那天

年轻的护士给你

系上标识：一个柔软的手环

作为这世界的第一份礼物，上面写着

病床号，以及你妈妈的名字

我的无名指上

有一枚普通戒指

它联系着我

和另一个人的一生

在妇科诊室，女医生

拿着一个麻花金属环

她把它置入一个人的身体深处

这冷冰冰的器物

阻止了更多的明天和可能

我的奶奶，终身被

一种看不见的环牵制

直到她进入棺木

变成一堆白骨

【作者简介】

陆辉艳，广西灌阳人。作品散见于《广西文学》《诗刊》《青年文学》《南方文学》《天涯》《中国诗歌》《诗林》《诗选刊》《诗歌月刊》《芒种》《散文诗》《飞天》《打工文学》《红豆》等刊物，并有作品入选多种选本。

【三个 A 推荐】

如何写好诗是每个诗人每天都要思考的，谁思考得多，谁就可能最先发现这个秘密。当我们读到别人写出来的好诗时，总是豁然开朗：原来可以这样写，原来这么简单就能这么好。这是我读到陆辉艳这首《环》时的第一感觉。她笔下那些都是我们熟悉的生活。环是多重意象。世界如此之大，她却能把"我们"从出生到死去所面临的种种遭遇和问题，都落实在这样一个个小小的"环"上，令人震撼！

【黄开兵编后随记】

由实到虚，从生到死，无数人做了无数的思考和探索。而诗人好像发现了一个小小的秘密、一组生命的密码……

在另一个年代
——致艾迪特·索德格朗

黄　芳

透过你又大又灰的眼睛

我看见满载军队和难民的火车

穿过另一个年代的铁轨

你在乡间别墅里咳嗽

老式罩衫晃动时，你的孤单

被嘲笑

你写诗，抛弃格律和韵脚

它们像不守妇道的女人

被嘲笑

在另一个年代

我和你一起失眠，困顿

带着结核病

寻找国籍和自由

最后，时光停在

摇摇欲坠的乡间别墅

死神和不曾存在的上帝握手言和

黑暗中

你眼睛又大又灰，一直

在微笑

【作者简介】

黄芳，生于广西贵港，毕业于广西师范大学中文系。出版有诗集《风一直在吹》《仿佛疼痛》。现居桂林。

【三个 A 推荐】

在广西，夫妻一起写诗的并不多见，都写得好的更是罕见，刘春和黄芳就是其中一对。在诗歌写作的领域中，他们的努力和付出都获得了丰收。近些年刘春把更多时间放在了诗歌研究上，《一个人的诗歌史》就卖得很火。黄芳则一心在路上继续抒情。喜欢她的《在另一个年代》，好在写出了"我们这一年代"的问题。

【黄开兵编后随记】

应该是在 2013 年的桂林诗会上，我和黄芳老师见过面。但好像没说过话。印象中的黄芳老师话语不多，她的诗歌也是如此，安静而优雅。这一首，我在她的空间一读到就非常喜欢，一个诗人通过另一个诗人体验了另一个年代，通过意象的变换完成了时空转换，技巧娴熟，穿梭自如……

广东贫瘠到了极限

苦楝树

母亲说你们广东人
什么都能吃
只要脊背朝天的都能吃
天上的飞机也想吃

姐姐含泪瞟了一眼窗外
用茶水清洗餐具
母亲这样说的时候
为她几乎带来乡下所有的土货

而我则天真地认为
广东贫瘠到了极限
饿到什么都要吃
以至于母亲每次来探望姐姐
恨不得把整个田野搬来

包括她自己的墓地

【作者简介】

苦楝树，原名谢福嘉，1981 年生于广西横县，现居南宁。

【三个 A 推荐】

我和黄二搞广西年度诗歌排行榜，初步计划是将来能结集出版。推荐了十多期后，获得了很多诗人朋友的支持，我们有信心做得更好。目前推荐的诗歌，都是没有事先安排好的，而是找到了好诗就推荐。有时候，我和黄二直接去诗人的博客找，有时从来稿中选取。先前推荐过的诗人，有好作品下个月就继续推荐。以此轮回，年度结束后，谁写得好谁写得多，基本能看出端倪。到时若条件成熟，还会为突出的作者举办专场朗诵等相关活动。读了苦楝树的几首诗，都很有冲击力，真是好！包括这首《广东贫瘠到了极限》。

【黄开兵编后随记】

每个人都有母亲，每个人眼里和心里的母亲都不一样。对比一下前几天推荐划痕的那首，也是写母亲。也是以个人体验出发，划痕那首写出了对母亲的爱；而苦楝树这首，写出了母亲对孩子的爱。写母亲的诗歌汗牛充栋了，很多人写这种题材，往往大而空，把母亲神化，虽然母亲的形象高大起来了，但怎么看，都不像自己的母亲了。这两首诗歌的好在于：划痕写的母亲是划痕的母亲，苦楝树写的母亲是苦楝树的母亲……

自省书

刘 春

你的灵魂终日游荡

找不着身体

你的身体出入各类场所

又不知为何而活

稍有空闲，你就沉迷网络

以游戏抵消午饭

对八卦的熟悉程度

甚于家人的生日

重要之处在于

你的怯懦与时俱进

想发展，不懂文化

去开会，不敢表达

真实观点

作为群众，你没有朋友

作为头目，你找不到

做人的乐趣

你渴望荣耀

却浑身挂满耻辱

不爱应酬

又随时准备

面露谄笑

你的字典逐渐抹掉

一些词语

比如：真诚，正直

比如：愤怒，抗议

终于，你成为一方名流

占据报章一角

从被人代表

升级到

代表别人

你开始成熟，老练

高深莫测

对小贩摊子被砸习以为常

对官员吃拿卡要一笑了之

对被贱卖的土地视而不见

对强拆房屋者

沉默不语

我也终于知道

为什么你喜欢文字

诗歌却疏远了你

你声称热爱生活

真理却拒你于门外

是的，你写过几本书

但不配当作家

攒了一点钱

买不来夜半的充实

现在，我只想问——

需要多少时间

你才能像当年那样

轻狂而无畏

需要多少勇气

你才能毫不迟疑

对世界说：

"我是刘春。"

【作者简介】

刘春，曾用笔名西岩、刘项，中国作家协会会员。著有诗集《忧伤的月亮》《广西当代作家丛书·刘春卷》《幸福像花儿开放》，文化随笔《或明或暗的关系》《让时间说话》，诗学专著《朦胧诗以后》《一个人的诗歌史》（一、二、三）等。现居桂林。

【三个 A 推荐】

刘春既是我的好朋友也是诗友。我们很早就认识，2002 年我刚学会上论坛时，刘春就在他主编的《扬子鳄》广西诗人阵容中把我放在第一位推出并写了短评。当时这件事情对我的鼓励和影响很大。缘分就是这么奇妙，广西文联和广西作家协会推出的"文学桂军人才培养1＋2工程"，刘春作为导师与我又结成一组。刘春与我同龄，但他成名早，算是广西诗坛的"老大哥"级人物了。刘春性格谦和，所以朋友很多。我记得《新世纪诗典》最初推荐的广西诗人就是他。2014年，《自省书》也在《新世纪诗典》上被推荐过。

【黄开兵编后随记】

不记得是谁说过：刘春是70后的，却有着60后的地位。我觉得这句话非常准确。刘春老师不仅诗歌写得好，在诗歌评论上也颇有建树。他的《朦胧诗以后》，特别是《一个人的诗歌史》（现在已经出了三部）得到广大读者的好评。《一个人的诗歌史》一直是我的床头书，常读常新。曾经与很多诗人朋友谈起这部书，大家都交口称赞。这种现象是非常少有的。我们习惯于评断别人的是是非非，极少有人真正进行自省，即便有，也不敢对人言。刘春老师这首《自省书》，真诚、深刻……

半夜鸡叫

八 两

其实 我跟那公鸡是一样的
我们拼尽全力想告诉人们
这夜晚的秘密
而世界
并不需要我们的声音

【作者简介】

八两，原名唐远志，汉族，1973 年 6 月出生于广西全州县，毕业于广西河池师专（现河池师范学院）中文系，广西作家协会会员，鲁迅文学院首届西南六省区市青年作家班学员，现为广西南丹县文联主席。曾在《花城》《诗歌月刊》《青年文学》《红豆》《广西文学》《诗潮》《三月三》等报刊发表文学作品并有作品入选《青年文摘》《杂文选刊》《小小说选刊》等。诗歌作品曾入编《中国当代诗库 2007 卷》《2008 中国诗歌年选》《2008 优秀诗歌范本》等书籍，出版有作品集《平静如水》、诗集《挽留一轮圆月》。

【三个 A 推荐】

八两，就是半斤八两的意思。敢起这样笔名的人，必定是个透明得身上带着阳光的人。他不愿意把自己隐藏起来，也不担心因被别人误解而引起什么麻烦。坦坦荡荡，这是人格魅力。八两的诗歌，切入点好，视角也非常新颖。这首《半夜鸡叫》巧妙惊艳，四两拨千斤。

【黄开兵编后随记】

由一个大家耳熟能详的成语生发出一首诗，很多人都干过，能做到让人意外惊喜的不多……

西　餐

黄土路

我把一个西红柿切了一刀，又切了一刀

把它们一片一片地吃下去

然后把一条小鱼也切成两段

分两口吃下

趁着新的菜还没上之前

我把树的影子也切了几片

把晃过的阳光也切了几片

还有对桌那位裸着肩膀的保加利亚女孩的目光

也切了一片

正准备混合着吃下去

这时一盘烤土豆丝就端上来了

【作者简介】

黄土路，原名黄焕光，壮族作家，1970年出生于世界长寿之乡巴马。著有小说集《醉客旅馆》，散文集《谁都不出声》《翻出来晒晒》，诗集《慢了零点一秒的春天》等。现供职于南方文学杂志社，为中国作家协会会员、广西作家协会理事、广西青年创作委员会委员。

【三个 A 推荐】

在做排行榜推荐前，我从未如此认真阅读过广西本土诗人的作品，这也改变了我对部分诗人的印象。每当读到好诗，那兴奋不亚于自己创作出感觉好的作品。也许这就是热爱吧。我读到土路这首诗时，第一感觉是想据为己有。这是我特别偏爱的一首诗。跃然纸上的写作，太漂亮太完美。说句心里话，土路出版了不少著作，我却很少有机会读到，能读到这首诗，我已经很幸福，感谢土路带给我这顿色味双全的美好《西餐》。

【黄开兵编后随记】

在我的家乡，很多人都知道作家黄土路、诗人黄土路。我还是学生的时候，因为喜欢写，老师们和学长们都说：我们这里出了一个黄土路，你要向他学习！黄土路这个名字，一直在我的脑海里，但直到2013年，在桂林诗会上才见到黄土路的真身。读他的作品，感觉很熟悉，很亲切。

习　惯

石　语

打开新买来的一盒烟
除非刻意，否则
我抽出的烟，必定是
第一排第四根
无论从左边
还是从右边数起
都是那根

有一天
我突然对这个问题
认真起来
不禁哀号一声：
完了！

【作者简介】

石语，原名陈义科，70后，广西来宾市人，一个十足的诗歌爱
好者。

【三个 A 推荐】

我和侯珏、小小夏等同仁曾经在 2013 年度的桂中水城文学沙龙上把石语作为新人推出。这两年，他不断尝试各种写作和改变，像很多作者一样也遇到过各种困惑，好在他没有放弃，坚持写总会有收获。《习惯》就是语惊四座的神作。

【黄开兵编后随记】

跟石语相识有好几年了，我们的诗歌路子不一样，但并没有影响我们之间的交流和友情。他习惯于意象写作，这一首，对于他来说，算是一个意外。当我们的写作进入惯性，需要意外来突破……

独生子女后代的问题

举　子

丈夫说
以后孩子跟我姓
族谱到我这不能就断了

妻子说
以后孩子跟我姓
我家族谱也要续写

【作者简介】

举子，本名曾德举，1983 年生于广西来宾。2003 年起开始写作，大学时参加民间文学社团——南楼丹霞文学社，现任《南楼丹霞》编委。有诗作入选 2006 年广西青年诗歌邀请展、历届广西诗歌双年度展及各种选本。现居柳州。

【三个 A 推荐】

《独生子女后代的问题》，是中国独有的生存态势。在它的背后蕴含着太多中国人的情结。这里面有对传统文化的解构，也有对未来生存的焦虑。对这样的题材很多人可能会用洋洋洒洒的文字来抒发自己的想法和感受，结果当然未必写得好。举子深谙点到为止的意义。

【黄开兵编后随记】

很多人诟病口语诗，就是觉得太肤浅，没内涵，没技巧……比如这首，在很多人的眼里，肯定被断定为非诗。短短六行，两种态度，作者一个字也没有多说，但中国人那种香火情结被刻画得入木三分。独生子女，已经成为新的社会问题……

班露来信

刘　频

我开着一列老火车，像敌人一样

惊恐地跑

车皮里装满了前线的弹药

一架飞机追上来，飞得很低

和火车保持着一样的速度

在呜呜呜的引擎声里

我甚至看见了飞行员那狰狞的脸

我估计它要扔炸弹了，或者用机枪扫射

但这些都没有发生

这架飞机贴着火车头飞了三百公里

我咬着牙，恨不得把那个飞行员揪下来

他突然从驾驶舱里探出头

大声喊道——"你的信！"

他把一封信，迅速扔进了火车头里

哦，这是班露的来信，第一句是

"亲爱的，春天好！战争结束了，你什么时候回来？"

【作者简介】

刘频，现居柳州，供职于党政机关，1981 年起在中国多种专业诗刊、综合文学杂志发表大量诗歌作品，有作品入选多种优秀诗歌选本并获奖。出版有诗集《浮世清泉》《雷公根笔记》等。

【三个 A 推荐】

4 月底去北京参加广西诗歌双年展的研讨会时，我和刘频谈到一些诗人的创作现状，也就广西诗歌总体态势谈了一点感想。他提出的广西诗人"心灵意志要更强大""视野要放宽放远""突破惯性写作"等话题与我不谋而合。另外，现在有很多人都以某个人的作品为参照去写作，追赶着要达到某个人的水平，那可能会让你不知不觉走入误区，最后成为"第二个某某"。写作是创造性的工作，而写作的魅力在于不断去开发她的奥秘，无招有时胜有招。墨守成规不可能有大成就。一个好诗人的生命力与他的创造力是相对应的。刘频去年发在《红豆》的组诗《东风破玉录》，让我们看到了他中年的创造力，对惯性写作的反抗及为文本的解构重建所做的努力，这种精神值得敬仰。

【黄开兵编后随记】

2012 年，读到刘频老师的诗集《雷公根笔记》，非常喜欢。那是一部短诗集，写得极其精妙。我去刘频老师的博客读诗，遇上这首，就迫不及待地想和朋友们分享……

默 哀

黄 锦

夜黑风高

甲乙丙丁

在望月

甲说月亮真圆

乙说是啊

堪比十五时圆

丙说不仅圆

而且明亮似太阳

丁看了看

摇头说

一轮残月

何来光明

不久

丁死了

甲乙丙

仍在望月

【作者简介】

黄锦，广西来宾人，80 后，经历过"我读小学时，读大学不要钱；我读大学时，读小学不要钱"的年代。2000 年受堂哥的影响和启发，开始提笔写自认为是诗的诗歌。

【AAA 推荐】

排行榜的推荐至今还不到一个月，黄锦就来了五次稿件。他说，怕浪费我时间，每次都只发来一至两首我自己认为比较好的。他的写作题材和方向都很清晰，不像其他初学者，总想把自己所有的感受都释放出来。第四次来稿我就感觉很好了，只要再加把劲就会有戏。黄锦对诗歌的热爱是发自内心的，尽管他只是新人，但《默哀》却包含了一种老到的写作经验。值得关注。

【黄开兵编后随记】

睁着眼说瞎话、还有人附和、更有人添油加醋……只能为说真话的人默哀了。

时间会铁

盘妙彬

时针坠向黑色的下午，时间会铁
急，急，急
从云上下来，一条大河垂暮，抱在峻岭怀里
从云上下来，太阳即将闭上自己的眼睛

流水也有泪花，一闪一闪，然后不见了
黑暗暂且替代它去了远方

父亲在我怀里从温暖到冰凉，然后去了远方
屋外梨花雪白，树上鸟儿数数
它们数了数身边的亲人，多出了一个

【作者简介】

盘妙彬，广西梧州人，中国作家协会成员，著名诗人，主要从事诗歌写作，在《诗刊》《人民文学》《作家》《星星》《人民日报》等报章杂志以及美国、澳大利亚等国发表作品，曾参加青春诗会。

【三个 A 推荐】

上个月在北京参加活动，第一次见到盘妙彬就感觉很亲切，他给我的印象是憨实不失幽默。他的代表作《青草被人踩来踩去》大家早就耳熟能详了，我读过一次再也没有忘记。如果让我评出我心目中广西最好的十首诗歌，《青草被人踩来踩去》必上榜。

【黄开兵编后随记】

读到最后一句"它们数了数身边的亲人，多出了一个"，竟然也跟着悲伤起来……

已经过了只有三个月的保质期

谭延桐

大老远的，他默不作声地

搬来了一个我从未见过的箱子

里面装着三年前生产的那个暴躁的夏天

很显然，已经过了只有三个月的保质期

可我，想了想，之后还是忍不住好奇

把箱子打开了，因为我想看看那究竟是怎样的一个夏天

就在我打开的最初的一刹那

我看到了一个惊人的秘密——原谅我

那个秘密，我是坚决不能说的

我马上就封住了自己的嘴巴

就像接下来我马上就封住了那个箱子一样

直到现在，那个箱子，也还放在那里

和一堆杂物团结在一起

夜深人静的时候，它就会不断地

发出一些奇怪的响声，就像一群老鼠

在通力合作，非常努力地在咬噬着某一样东西

但，又不完全像。从那以后

每当我从梦中突然醒来的时候，就总会听到

一个伤痕累累的夏天，正在那里独自呻吟

【作者简介】

谭延桐，作家、评论家、音乐家、书法家，毕业于山东大学文学院。先后做过教师及《山东文学》《作家报》《当代小说》《出版广角》等报刊的编辑及编辑部主任，现为艺术杂志社主编，兼任巴洛克艺术学校校长。系中国作家协会会员，读者杂志社及南宁市文联签约音乐家，广西壮族自治区党委宣传部签约词作家，南宁文学院及多所大学的客座教授。

【三个A推荐】

十多年前，我曾在桂林诗会上见过谭延桐，当时谈了什么都忘了。从桂林回来，还在网上有过几次联系，后来再也没有见过面和深入交流。我对他的近况也不了解。还好，他还在写，依然那么好。

【黄开兵编后随记】

这个秘密，我也是坚决不能说的……

虚构一个地方来放置我的理想

黄开兵

本来，在我头颅中

偶尔挂在额前

喝个三五杯之后也挂在打结的舌尖

现在，我想找个地方

把它藏起来

很多年了，我只要一个小地方

很小很小的地方

如您所了解的那样实在找不到

我只好虚构出一个

为了安置它

虚构出一个头颅

为了这个头颅

必须虚构出一个身体

为了这个身体

无奈虚构出一间房子

为了这间房子

勉强虚构出一条街道

为了这条街道

匆忙虚构出一座城市

为了这座城市

胡乱虚构出一个国家

为了这个国家

麻木虚构出一个世界

为了这个世界

我实在太累了

不得不抛弃这该死的理想

【作者简介】

黄开兵，壮族，男，1979 年生于广西巴马。"五点半诗群"成员。

【三个 A 推荐】

我是在伊沙主持的《新世纪诗典》上认识黄开兵的。后来搞排行榜的时候，他加了我的微信，我们简单交流后一拍即合。有他参与这个排行榜我感到轻松多了。开兵的诗歌都比较短，那是一种举重若轻的写作。比如《虚构一个地方来放置我的理想》，在看似戏谑的表达中，道出了诗人内心的忧患。

【黄开兵编后随记】

对于诗歌，我总是三心二意。2009 年开始怀疑自己的写作能力。2011 年调整了方向。2012 年进入"五点半诗群"，认为"真实就是荒诞，荒诞就是真实"。2013 年，诗观又一次改变成"一切从扯淡开始，一切由扯淡结束"。现在，又变成了"说不清楚，就写出来"。我不知道明天又有什么变化，我讨厌一成不变……

楼

拓　夫

人类盖楼
是为了住得更高
更好

还有欲穷千里目
需要更上
一层楼

但住得高了
又体会到
高处不胜寒

于是有人盖楼
有人拆楼

有人上楼
有人下楼

还有人

坠楼

【三个Ａ推荐】

拓夫的身份让很多人忽略了他作为广西重要诗人的存在。尤其这两年来，年近五十的他就像挣脱缰绳的野马，毫无顾忌，井喷似的写出了很多优秀的诗歌，他的这种状态似乎让人有点费解，却是广西诗歌界的惊喜。拓夫的诗，语言朴实、意味深长，像咖啡，苦得明显，但苦中却又带着甘甜，特质非常鲜明。他不会在诗中模糊自己的思想，不会用模棱两可的虚无故作高深，这也是一个成熟诗人的清醒和自信。

【黄开兵编后随记】

第二次推出的诗人，将不发相片和简介了。换一个方式：写几句和诗歌有关的话。现代生活，我们不可能忽视楼的存在。每天，我们活在楼的里面、楼的缝隙，当然，还有楼的下面……

尾 巴

大 朵

闭上眼睛

看到尾巴在黑暗中摆动

鱼尾、猫尾

马尾、牛尾

狮子尾、老虎尾

甚至一些不知名的动物的尾巴

有时又似乎只是一面旗帜

忽然一句京剧台词射出：

"斩——!"

所有的尾巴顷刻停摆

老老实实贴在

屁股上

【作者简介】

　　大朵，本名罗勋，壮族，1984 年开始诗歌写作，先后出版有诗集四部。现为中国少数民族作家学会会员，广西作家协会会员，诗歌刊物《麻雀》主编。

【三个 A 推荐】

大朵一直说要支持我们搞的广西诗歌排行榜，我们需要的也正是这样的认同和鼓励。其间，我和大朵有过比较坦诚的交流，体现了正能量的强大。这首诗，假如遮住大朵的名字，熟悉他的人肯定不会想到是他写的。但是，这种效果太好了。我能想象大朵闭上眼睛回想自己生活的样子。当他睁开眼睛时，一首好诗诞生了。

【黄开兵编后随记】

跟大朵兄没有见过面，但一直关注他。他写诗，做编辑，搞音乐，还玩书法，可以感到他是一个很好玩的人。一个好玩的人肯定有趣……看完这首诗，忍不住想摸摸屁股，看是不是真的有一条尾巴。

闯红灯

周　丹

终于等到了一辆出租车
它却停在对面
此时红灯又亮了
你和车就停在原地
就在这时
有人看到了这辆空车
坐上去了
你等了很久才叫到的车
在你眼前载着别人走了
你错过了这辆车
只是因为距离
还是因为你
没有闯红灯的勇气

【作者简介】

周丹，女，80后的尾巴，广西桂林人。

【三个 A 推荐】

周丹看到我们发的帖子，就给我发来两首诗。《闯红灯》写的是"我"等车过程中的感受，具有多重指向。

【黄开兵编后随记】

这样的事几乎人人都遇到过，事情本身也似乎不值得一写，结尾的那种推断也并不显得多么深刻，作者仅仅使用了第二人称"你"来说我们都经历过的事情。把这些不利因素呈现出来时，意外发生了，一首好诗，需要有闯红灯的勇气。很多人之所以写不好，恰恰就是没有"勇气"。

街　道

张小含

总会遇到这样一条路面高低不平的街道

人群嘈杂

街道两边的各色广告牌

墓碑一样立正

自觉接受清洁工大爷扛着扫帚的检阅

那扬起的一团团灰尘

掩盖了人们走过的痕迹

那些奔忙的面孔

——似乎都有明确的目的地

只有街道，没有尽头

【作者简介】

张小含，1977 年出生，北海某上市公司职员。

【三个 A 推荐】

感谢庞白的推荐，否则我们都不知道北海还有一个叫张小含的诗

人，诗歌写得这么好。庞白说她下次再发照片，这些都不是重点，因

为我们推荐的是诗歌。也欢迎大家给我们推荐你身边的好诗人。

【黄开兵编后随记】

这里面的主角应该是灰尘，何止是人们走过的痕迹，何止是街道？到最后，一切都会被灰尘掩盖，这样想，可能很绝望，你走上街道望一望——真的没有尽头！

温　度

三个 A

阳光有多种

死亡的只是部分

今天我相信

马路上还有

她的身影

在公园的草坪

有英雄的公墓

当阳光照在了

楼顶

房间里的梦

就会自动

测量

她的温度

【作者简介】

　　三个 A，原名石才来，男，1974 年生，《新世纪诗典》诗人，广西作家协会会员，鲁迅文学院第一期少数民族文学创作培训班学员，2013 年广西"文学桂军人才培养 1＋2 工程"学员。作有组诗《纪念》

三部曲，长诗《遁》等多部。在各类刊物发表诗歌，作品入选《2012中国新诗大典》《当代短诗三百首》《2014年诗歌排行榜》等选本，伊沙主持、主编的《新世纪诗典》第一季、第二季、第三季和第四季及《中国口语诗选》。并被评为《新世纪中国百大口语诗人》，组诗《纪念》入选《2008—2009：中国诗歌双年巡礼》。

【三个A推荐】

在当今诗坛，我可以这么说：你可以不写口语诗，但假如你不懂口语诗，你就即将被诗坛抛弃。比如我，虽然很少或不写抒情意象诗，但是我必须能读懂。尤其是那些所谓的评论家，更要明白其中的意义。否则你将被那些真诗人抛弃，因为你的评论在他们眼里已经过气了。而那些有意无意拒绝口语诗的人，我认为是出于这些原因：一是基于对自己的所谓的"地位""荣誉"的保护；二是可能真的不懂，完全不了解现代诗的发展趋势。无论是艺术还是技术，纵观历史，都是创造力决定了生命力。因此，不管你是写口语诗还是别的诗，没有创造力就不可能有生命力。

【黄开兵编后随记】

不论是选别人，还是选自己，我们都是苛刻对待。对于自己的作品，平时可能有所偏爱，但当真要推荐自己的作品的时候，我们比平时更加认真。被别人打脸，可能存在误会；自己打自己的脸，就是作孽了。自信的同时，我们保持理性和清醒的认识，只有这样，我们站在优秀诗人的队伍里，才不觉得惭愧。

明　天

荣　斌

明天一切都会安好，一切都将还原成最初的模样
明天，这城市将被绿色植被和童话占领
我的房间没有尘埃，内心有如婴儿般纯粹

明天，阳光落入掌心，花儿开出透明糖果
即便寒冬来临，天空也覆盖着温暖的衣裳

明天，我会在废墟上搭建一个有烟火的家
它不是归宿，但是可以收留许多诗人，病号，以及酒鬼

明天，我会穿过古老街巷，挤进人群的森林，与这城市亲近
亲近它稚气的斑马线，倒影的树木，歪曲的河流
还有积压着梦想的动画公司，缺乏情调的人民公园

明天，没有人知道我来过，曾经站在这座城市的船头
我的歌声像风一样轻微，像夜莺一样掠过黑夜的河畔
但终有一天，我的离去会使一些人的记忆变得混浊

那时，我的名字化成一摊冰凉的石头，埋在泥土里

我点燃的诗歌被安放在一个冬天的早晨，它焚烧着，不会熄灭

【三个 A 推荐】

荣斌最近一直忙于自己公司上市的筹备工作，诗歌似乎相对写得少，根据我对他的了解，只要给他足够的时间，他愿意静下心来思考，写好诗通常不是什么问题，他经历过太多的事情，有很多故事可写。《明天》还带着一点点过去抒情的味道，刚刚好，足够打动人。

【黄开兵编后随记】

一首宽阔的诗。

阿鲁的手

庞　白

听到快速穿过街市的行车声
就想到阿鲁，那把方向盘的手
巧手

读到魏碑结实整齐拙而纯
就想到阿鲁，那拿毛笔的手
嫩手

看到三两朋友接头般抽烟
就想起阿鲁，那派香烟的手
喔，多像兰花指

冷了，左手搓右手
就想起阿鲁，有一次表演刮胡子给我们看
靠，那完全是一双刽子手

【三个A推荐】

《阿鲁的手》不久前在《新世纪诗典》上推荐，好评如潮。在写作上，老庞是个头脑清醒的沉稳的老手！

【黄开兵编后随记】

好的诗，每一行都存在意外，每一个意外都合情合理。

我的浪漫历尽沧桑

荷　说

一个四十多岁的熟人突然烫起了鬈发

隔壁的老头娶了人生中第二个老婆

菜市场卖猪肉的大妈穿上了碎花裙子

现年三十岁的我终于懂得高跟鞋的美

不要嘲笑我们这样的浪漫

它与我的人生一样，历尽沧桑

【作者简介】

荷说，女，现居北海，在北海老街上班，偶尔写些短文。

【三个A推荐】

又是北海诗人，又是庞白推荐的好诗！触手可及的浪漫才是有血有肉的浪漫！老庞眼力高啊。

【黄开兵编后随记】

现在，四十岁烫头发不稀奇，老头二婚也不稀奇，卖猪肉的大妈穿上碎花裙子更不稀奇。但我理解在这里为什么变得稀奇，在我们广西很多地方，人们的"时髦生活"总是比这个世界慢了那么几拍，这么说毫无恶意和贬义，就是因为这种慢，所以产生这样的好诗：不要嘲笑我们这样的浪漫/它与我的人生一样，历尽沧桑……

与田螺姑娘说

划　痕

你旁边有空的房子吗？你那样的壳，越硬越好
我想租借
存放灵魂，让水清洗，漂白，润泽
让泥沙覆盖，安抚
不久之后，心里会长出青柔的小草和细碎的小花

想与你为邻，想与隔壁的你说说悄悄话
互道晚安、午安、早安，然后安静睡去
偶尔打鼾，偶尔说梦话

多好啊，在一个安全的房子里
天黑或天亮都可以心无旁骛地做梦
也可以伸出头来，观云聚云散

【三个 A 推荐】

黄开兵说，划痕写了很多抒情诗，他就去她的空间一首一首地翻
阅，选出几首好的，《与田螺姑娘说》就是其中之一。我想说的是，
就凭这几首，广西诗坛就应该有她的一个位置。

【黄开兵编后随记】

《田螺姑娘》，一个从小就反复听过的故事。但这首诗和这个故事几乎没什么关系。

这首诗流露的是寻求宁静安静恬静的生活，与此对应的是我们喧嚣浮躁繁忙的现实……

路边生

黄仁锡

路边生
比我高
比我壮实
从小学到初中到高中
他身边的女同学
最多
直到参加工作
直到结婚生子
直到儿子长大
他的女人缘都是最好的
这多少让我心里
产生一点点的嫉妒

这嫉妒
终于在两天前
烟消云散
那是因为
我在一部抗日战争的电视剧里
看到一个日本军官的名字

也叫路边生

这个路边生

在与我们八路军的战斗中

被一位美丽的女八路

用军刺

刺死

【三个 A 推荐】

上个月推荐了黄仁锡的《阳台的功用》，引起不小的争议，我也在群里和一些诗友进行了比较激烈的交锋。这是好的作品诞生后的一种正常现象。《路边生》读来让人有种熟悉的感觉。

【黄开兵编后随记】

黄仁锡大哥的诗大都是平实道来，不温不火。他平静地说出他想说的话，好像在跟一个老朋友闲聊，但没有多余的话，点到即止，听得懂的自然会心一笑。

端 午

牛依河

屈原子，此刻南方很热
蝉在读诗，沉迷于自己的声音里
人们在过节
而我们以一河之水对饮，屈原子
我们互叙衷肠
你的马站着睡觉，没有节日
我举起酒杯
不带理由地先干了这一杯
你默默地注视东逝水
没说什么
我捡一块石头扑通扔河里
你看了一眼，也没说什么
你转身走了
我也没道别
你别了楚国。而我的祖国
一会儿是白云，变成鸟的形状，飞开
一会儿是石头，隐没在绿色的草丛里
一会儿是一首诗
我写不出它

【作者简介】

牛依河，本名黄干，壮族，诗人。为《西乡塘诗刊》主编，鲁迅文学院第一期少数民族文学创作培训班学员。迄今已在《诗刊》《星星》《诗歌月刊》《广西文学》《红豆》《西部》《文学界》《中国诗歌》《延安文学》《青年文学》《民族文学》《黄河文学》《诗林》《作品》《散文诗》等杂志发表作品多篇（首），有诗入选《2002年中国大学生最佳诗歌》《2008年中国诗歌年选》《2009年中国诗歌年选》《2011中国少数民族文学年度选·诗歌卷》《2012年中国最佳诗歌》《中国年度优秀散文诗·2012卷》《2013—2014中国新诗年鉴》等选本。2012年参加第十二届全国散文诗笔会。现居南宁。

【三个A推荐】

端午节是国家法定假日，有人忙着去旅游，有人忙着和朋友约会，当然也有人忙着加班。当我正坐着动车去参加桂林诗会时，看见牛依河把此诗发到了微信圈上。诗歌要的就是这种真情实感的自然流露，而非工匠式的为赋新词强说愁。

【黄开兵编后随记】

我读到的是孤独，诗人的孤独……

爸爸的钱

苦楝树

我被迫动用到爸爸的钱

我一定会还

为了自己的江山

我在砍一棵老树

那是一个老人的棺材本

当他从黑色布袋里掏出

存折和身份证

续命一样交给我

我揣着破旧的折子

贼一样

来到银行前台

我按下的密码

是已过世的

母亲的生日

【三个 A 推荐】

第二轮打算推荐的是另一首诗，但是苦楝树后来把这首诗贴在群里，我们就地取材，决定先推荐这首。苦楝树最近状态不错，很多作品都让人眼前一亮。

【黄开兵编后随记】

短短的十四行里，有悬念，有波折，有意外，更重要的是有爱。

下辈子

蒋彩云

多打了几个喷嚏
摔跤受伤的地方还疼着
要是就这样死了怎么办
妈妈真会像她说的
没有我她也不活了吗
爸爸会不会

一遍又一遍
翻着我写的日记
然后精神失常
姐姐也会梦着我
然后哭着醒来
骚仔还会告诉别人
我小姨在睡觉做梦
好朋友烧着纸骂道
彩云你个短命鬼
去那边做个有钱人
买衣服再也不要看价格
讨厌我的人
担心着我会吓他们

有人哭有人笑

我都看不见了

我在乎的是

他们给我穿的衣服好不好看

想着下辈子

是个大美女

【三个 A 推荐】

作为在校大学生，蒋彩云同其他同龄诗人一样，缺少的是生活的经验。但是这并不代表写不出好诗。只要你打开自己的思维，善于观察自己身边的事物，你总是能发现很多可以称之为诗意的东西。不要眼高手低去写那些看起来"高大上"的你不熟悉的题材。在我和蒋彩云的交流中，往往她自认为写得不好的作品，我却特别欣赏。是否要打破自己固有的审美习惯，是每个诗人必须认真并且时常要思考的问题。

【黄开兵编后随记】

我常常自称是扯淡派的，我也喜欢带着扯淡味道的文字，我还很正儿八经地说过：一切从扯淡开始，一切由扯淡结束。这首诗，和死亡有关，却不阴郁，也不悲催兮兮。青春期的胡思乱想，无聊瞎扯淡的模样，但却能收放自如，说了不少但不觉得啰唆，那应该是因为每一行都是真实的、可触摸的。

感　受

石薇拉

过安检时

莫名的慌张

与不安

尽管我身上

什么也没有

【三个 A 推荐】

2月参加完《新世纪诗典》南宁诗会，我跟部分诗人去了越南。我不用问石薇拉就能猜得出，这首肯定是她和六条坐火车回来时经过安检时的有感而发。石薇拉的诗歌特点是节制和纯粹，作为新人这是多么的难能可贵！

【黄开兵编后随记】

又是一个大家都有过的体验，有一句话说：诗就在那里，你写不写都在那里了。还有一句话说：我也有过这种感觉，只是没有写下来……

童年印象

——致宫崎骏之一

侯　珏

在那山间的小溪旁

父亲和牛劳作

母亲坐在泉边抱我喂乳

溪水叮咚流淌

幼鸟爬出山林觅食

撞落草叶上露水

滴湿我的衣领

幽谷清风追随雄鹰翅膀

在云朵下快乐飞行

翠鸟骑蓝色闪电在溪谷穿梭

花草树木茂盛的季节

数不清的蜜蜂蝴蝶

簇拥姐姐忘忧跳舞

流水清澈可鉴
与鹅卵石倒映细碎金光

狗尾巴草摇曳嫩绿绒毛
似跟蒲公英上的蚂蚁谜语
遥远的漂泊与成长

泥土和艾草的味道弥漫
我的整个童年
竹笋脱壳长出流沙的歌声

掉在羊齿蕨菜上的树叶
留下蜗牛漫步的痕迹
夕阳忍不住好奇趴在山头

窥探种稻的一家人
在岩石上整理完农具
然后赤脚踏上晚归的路途

远远就看见村庄袅袅炊烟
崎岖的小径穿过茶园
是萤火虫把我们照进家门

木屋窗外树影栖息一弯新月
像神仙姐姐坐的小船

驶进我缥缈梦乡

呵！静谧的日子一去不返
梦醒方惆怅
如何才能倒转时光

【作者简介】

侯珏，1984年生于广西三江，为诗歌刊物《相思湖诗群》《麻雀》的创办人之一。2005年至今在各种刊物发表诗歌、散文、小说及评论多种，出版有著作若干。现为《红豆》杂志编辑部主任。

【三个A推荐】

侯珏是新锐的80后诗人、作家，也是我最好的兄弟。排行榜进行到快两个月了，我们才第一次推荐他，说明我们做这个排行榜时，绝对不会受其他原因左右而降低作品的标准。侯珏的勤奋造就了其博学和多才，不论为文为人，他都是我最为信任的兄弟。

【黄开兵编后随记】

很动画，很多人喜欢宫崎骏，说宫崎骏是大师，我也该去看看了……

与玉兰书

唐　女

你有个好名字
我配不上
你有那么多春天
那么多次花开
我没有

你有清洁的前世
和今生，可以对邪恶露出笑容
我穷尽一生，也无法洁身自好
使出全身力气，也挤不出一个笑容

你向上向下向左向右
让方向变得美丽
我上看下看左看右看
每条路都很迷茫

雨水中你楚楚动人
阳光里你容光焕发
而我走在阳光雨水下

每一步踩响的都是寂寥

捧起破碎的寂寥
想换一次花开
把脸涂得雪白
想混成一朵玉兰

【作者简介】

唐女，女，广西桂林全州人，70后，为广西作家协会会员、桂林文学院签约作家，先后在《诗刊》《诗歌月刊》《广西文学》《南方文学》《人生与文学》《黄河文学》《时代文学》等报刊上发表作品，作品入选多种选集。出版有诗集《在高处》，散文集《云层里的居民》。

【三个A推荐】

认识唐女有十多年，那时候她只写诗歌和小说。近年来，她还写散文和画画，最近又听闻她在练习书法。我曾经在微信上戏谑，你还有什么不会的吗？事实上，我最初认识她时，她的诗歌写作基本比较口语化，而且思想指向清晰。

【黄开兵编后随记】

一路对比，赞美里暗自悲伤……

擦　身

大　朵

要穿古时布衣了
道公让我们为父亲擦身
兄弟们围在身边
我是大哥
习俗由我来擦洗

毛巾轻柔地抵达父亲的额头
他的面孔我最熟悉不过
因为他疼痛时我时常为他按摩
有时是太阳穴有时额头或是颈椎
现在他再也无法感知
不会像过去那样叫我往这或那挪点
擦洗他紧闭的眼睛他的鼻梁
他的嘴唇，脸颊
几个小时前它们还是温暖的
此刻冰凉冰凉

道公说不能让泪滴在父亲面孔上
那样他将无法到达他母亲的身边

我只好让泪水在心里结冰

当擦到父亲的双手

我心中的冰块就破碎了

它们磕磕碰碰左冲右突

第一次抱着我喜极颤抖的这双手

儿时为我千百次洗身的这双手

抽打儿女后又恨不得砍掉的这双手

像保姆一样打理我们家务的这双手

满是老茧，现在硬得像铁枝

我一根一根地掰开

擦洗的速度慢了下来

擦到父亲胸口

泪水已经模糊我的双眼

想起道公的话

又赶紧把它们咽到肚里

父亲刚从繁重农活中解放出来时

胸脯瘦弱无肉

跟我们生活十年

伙食改善他也渐渐发了福

中号的衣服后来改买大号

小心翼翼地擦洗父亲的双腿

这双腿我也最熟悉

若干年前父亲的右腿有异癣

奇痒难耐经常脱皮

我带着他四处打针

有空也常常为他擦药

天热时父亲最爱扯起裤腿

他说这样散热得快

这个习惯我现在竟和他一模一样

擦到父亲的双脚

由于脱水他的脚又瘦又小

父亲洗脚上田

是在他心脏病发作并做了手术之后

医生的叮嘱和我们言重

这双脚才停止踏入水田

从此匆匆出入城里菜市

为我们的一日三餐奔波

擦好了身体

我们给父亲穿上

新衣新裤新鞋

让他住进

新房子

【三个 A 推荐】

衡量是不是真诗人，要看他是否写出了过硬的诗歌，所谓过硬的诗歌，我认为就是带有鲜明个人经验的代表作。大朵的《尾巴》和《擦身》就是这样的作品。

【黄开兵编后随记】

这首诗的初稿发到群里的时候，大家都被震到了。真实而详细。好的诗歌，短的你不觉得短，长的你不觉得长……

善良的孩子需不需要玩具

黄开兵

我有一块泥巴

可以捏出一头猪

捏出一只狗

捏出一匹马

有一天

我不得不捏出一把刀

捏出一支枪

捏出一辆坦克

捏出一支军队

我只是为了能保护

我的猪

我的狗

我的马

还有我的泥巴

【三个 A 推荐】

孩子一旦拥有自己的泥巴，犹如诗人拥有写作的秘密武器。泥巴本是不会动的，因为善良需要保护，泥巴就活了。

【黄开兵编后随记】

说不清楚，就写下来……

山　谷

黄土路

很庆幸您还有这么好的青草，父亲
还有这么漂亮的树
这么大的风，吹着树叶
像吹着一群蝴蝶和飞鸟
而烟囱和斧头，还来不及赶来

【三个 A 推荐】

　　写父亲的诗很多，要在这种题材中脱颖而出不容易。亲人的爱，让太多人情不自禁，如何表达看起来简单，难度却很高。这是记忆和生命中的山谷。

【黄开兵编后随记】

　　试图分析一首诗，很多时候是愚蠢的行为。特别是这样的好诗，要表达的都已经表达，不多不少，恰到好处……

体 检

拓 夫

他们用一台昂贵的机器
检查我的身体
我躺在上面
像一条被网住的鱼

一个月后
我被告知
大脑正常
心脏正常
肾正常
前列腺稍大
脂肪肝轻度
右肺尖上有一个微小结节
大小约 4 毫米

这个东西吓住了我
我赶紧百度
然后用正常的大脑判断
正常的心跳得明显加速

第二天我去找了个专家

他拿着 CT 片仔细看了一下

说

没事

我这时相信

我的脑子正常

心脏正常

肺正常

专家正常

而那台狗日的机器

太他妈的不正常

【三个 A 推荐】

人生路上总是无法回避一层层的迷雾，我们不得不一次次勇敢地穿越，因为我们要活下去，要活得更好。本诗一针见血地直指人性深层的大秘密，大到无所不在的秘密。

【黄开兵编后随记】

我们制造出机器，然后把自己交给机器。我们依靠机器，信任机器，又不敢真的相信机器……把机器换成任何一个词，都差不多。

甜李子

周　丹

突然特别想吃李子，

于是到水果摊前问老板，

老板说红的比较甜，

我尝了一口，

"酸!"

老板说青色的新品种也比较甜，

我尝了一口，

还是"酸"!

老板不可思议地自己尝了口，

"挺甜的呀，李子总会带点酸味的。"

我说："我只想吃甜的!"

老板让我买哈密瓜，

我跺脚说："我只想吃李子!"

"滚!"老板把我轰走了。

【三个 A 推荐】

有人写了很多却没有一首像样的诗歌，有人写得不多却首首都很
有质量，不知道是天赋高还是悟性好。比如周丹这样的新手，不论是

语感还是现代意境，一出手就很有感觉。我更相信人的性格与写作能力的高低有很大的关系。

【黄开兵编后随记】

在一家公司上了八个月的班，一直没有加薪。没办法，只好离开了。离开了得再找工作，天气非常热，求职难免要面试，要谈待遇。有时候，我想做的，老板看不上我；老板看得上我的，我却不满意。在这个时候读到这首诗，瞬间被打动！是的，把事情想得太美只会得到一个字：滚！

天空也不是那么透明

陈振波

天空流入黑色的云
黑色的云排挤掉白色的云

天空也不是那么透明

天空的黑暗一如我内心的黑暗
但我内心的黑暗更深，更浩大

我，像路边一辆自燃的黑色汽车
急需一场比想象还要猛烈的雨

【作者简介】

陈振波，男，1987 年生，广西北流人。2013 年毕业于西南大学中国新诗研究所，文学硕士。现为广西中华文化学院教师。著有诗集《猫科动物》。

【三个 A 推荐】

当下广西缺少的就是有担当、有见地的新锐诗评家，陈振波应该具备这样的基础：一方面他的专业是新诗研究，另一方面 80 后的他应该还算比较年轻。但因为我对他本人不甚了解，也只是我的个人意愿。当然，做评论容易冒犯人，做好的评论和评论家更是如此。但空白总是要后来人填补的。这个人到底是谁呢？

【黄开兵编后随记】

7月的深圳，不是一般的热。好像天一亮，太阳就白花花地晃眼了。偶尔抬头看看天空，并不是蔚蓝的（天空也不是那么透明），好不容易有云遮一下，马上又消失了，太阳依然那么强大，是的，非常强大！我现在多么爱乌云，真的"像路边一辆自燃的黑色汽车/急需一场比想象还要猛烈的雨"……

母亲没有什么不一样

三个 A

她经历过"文化大革命"

经历过大饥荒

经历过单干

经历过村庄的寂寞

经历过临产的疼痛

经历过贫穷的艰辛

经历过背着生病的儿子

走到二十公里以外就诊

经历过沉默的年代

经历过大火烧过的岁月

母亲一生没有什么不同

她和那个年代的同龄人

在最好的日子老去

在最富裕的梦里瘦下来

她生下五个儿女

五个儿女又生下了

十个孙儿孙女

她一生都在忙碌中

经历胃痛和耳鸣

经历感冒和发烧

经历失眠和头疼

经历水土不服

经历月圆月缺

当她累了睡着了

她将经历一场大火

变成我每天都要

呼吸的空气

【三个 A 推荐】

本诗在伊沙主持的《新世纪诗典》推荐过，我自己说好不如别人点赞。现收录一些短评权当推荐语，一并激励自己不断努力写好诗歌。

伊沙：当年的默默可以说出这番话："诗歌是最大的意识形态。"我当场深表赞同。对于诗人，三观何等重要，我目睹：三个 A 沿着一条正确的道路，克服自身的不足（短诗），硬是把自己变成广西诗歌的先锋符号，面前这一首是要一跃成为大诗人的节奏！

徐江：口语平台上的现代诗，最大的优点是接人生之地气。最大的挑战则是现实泥沼对叙述的吸引。沼泽只有平安涉过，才能成为功劳簿上漂亮的一笔。而世事只有放到时间与生命的大桌布上，才能凸显它们纵深的诗意。作为选家，伊沙善于发掘作者的代表作（这是衡量大选家的重要指标），本诗是我看过的广西诗人三个 A 最好的一首诗，堪称他的第一代表作。

沈浩波：一首杰作。写得好极了。来自广西来宾的诗人三个 A。

当年我第一次见他时，他是个顶着一头黄毛的发型师。英雄不问出处，好诗人岂在表面？听说连他女儿都已开始写诗，并已写出佳作。诗歌之心灵火焰，从来都燃烧在这片土地，这片土地的野外！

朱剑：写得大气又从容不迫。如果是现场朗诵，这首诗将得到非常热烈的掌声！按照现在我们的诗 PK 规则，能得奖！

李异：真是太棒了！把自己的母亲写活也就写出了一代人的母亲，写出了一个国家所经历的颠沛和动荡，了不得的一首大作！

老乌鸦 555：大历史背景下的小生命，在诗歌的镜头下呈现出一种伟大。这首诗本身也如生命一样，过程是那么重，结尾是那么轻，却是令人痛的轻。

外星人夏天：形制小，却是史诗气度，特别是最后一句，何止是史诗气度，已经是响当当的人类史的质地！诗歌，在人的领域，从来不会缺席任何需要它的场域。

张明宇 1979：母亲没有什么不一样，经历时代的苦难风雨！母亲最终"变成我每天都要/呼吸的空气"，又是多么不一样啊！写得既大又小，有分量又感动！

【黄开兵编后随记】

推荐到现在，推出了好几首写母亲的作品，每个人都有母亲，每个人的母亲都不同，也都相同。

离　婚

姚子贵

以前我们总是在笑别人

笑别人动不动就吵架

笑别人动不动就闹离婚

今天我们的离婚证书下来了

原来我们一直在嘲笑的

是我们自己

【作者简介】

姚子贵，男，1983年生，毕业于广西建设学院艺术系。著有个人诗集《握影》，诗歌入选《来宾诗歌八人选》、第五届广西诗歌双年展等。现居广西来宾。

【三个A推荐】

黄开兵给我发过姚子贵的作品，写得也不错，但对自己身边的朋友，我会更严格要求，这首算是一步到位了。我为桂中水城文学沙龙的同仁写出好诗而高兴。

【黄开兵编后随记】

啥技术都没有，实话实说，事实如此。

石 头

盘妙彬

一石头上刻觉悟，立于路口，此去四恩寺
一石头立在另一路口，上书超然，通往白云山顶

今天两个大石头
来我这里找回了它们的寂寞
我也辞掉了现实生活

【三个 A 推荐】

盘妙彬在广西属于年龄相对大的诗人，更值得一提的是他还一直在写，也只有不断地写，才有可能写出好东西。本诗短小却有包罗万象之诗心。

【黄开兵编后随记】

我们都渴望理想的生活状态，现实中找不到，就在文艺作品里呈现。

荔　枝

吉小吉

采摘季节说过去就过去了
但大片大片的荔枝
丰收的果实还挂在枝头上
那些熟透的果子
一颗一颗往下掉
鲜红、刺眼，像一滴滴血

【作者简介】

吉小吉，原名吉广海，笔名虫儿，1974 年生于广西北流，毕业于南京大学中文系。为中国作家协会会员，广西作家协会理事，广西作家协会诗歌创作委员会副主任，玉林市作家协会副主席，北流市作家协会主席。在各种刊物发表过诗文，出版过诗集，部分作品被选刊、选载或收入数十种选本。

【三个 A 推荐】

吉小吉是个老实人，心地善良。上个月他联合《广西文学》在北流举办了广西诗歌民刊联谊活动，我想他最大的收获便是写出了本诗。他说最近有些困惑，一直在寻求突破，果然诗神就来了。

【黄开兵编后随记】

前段时间，网上有火龙果滞销喂鱼的消息。但我每次去超市买菜，看水果专柜的水果价格还是那样高。我有个西北的果农朋友，他说：我们农民，怕天灾没收成，也怕丰收卖不出去……

原　谅

荣　斌

每天，临睡之前，请闭上眼睛
让身心浮靠在平和的水面
学会沉静下来
学会反躬自省
学会宽容、坚忍，以及原谅

原谅所有的人和事
原谅所有的过错与冒失
原谅阴沉的天气
原谅没有阳光的早晨
原谅姗姗来迟的脚步
原谅别人的傲慢与偏见

这个世界从来没有十全十美
原谅它的偏袒与不公
原谅多舛的命运
原谅凌乱不堪的既往
原谅打满补丁的未来
原谅崎岖而坎坷的道路

以及，路上被鲜花覆盖的陷阱

没事的时候，多想想自己的缺点
原谅人心的叵测
与生俱来的自私
原谅苍白的借口
原谅恶毒、工于心计的目光
原谅没有防备的伤害
以及，被善良虚掩着的预谋

除此之外，你还要原谅
无端的猜忌，背叛的情感
原谅谎言，原谅诋毁
原谅没有兑现的承诺
原谅排挤和质疑，并且
原谅懦弱与卑微的内心
原谅那些高高在上的面孔
原谅他们的世故与无知

【三个 A 推荐】

第一次到荣斌办公室，在茶几上看到他印有本诗的小折页。我在
2014 年写的《浅谈诗坛之怪状录》一文中曾引用本诗：与荣斌写于 20
世纪 90 年代的诗歌相比，这是他回归后化蛹成蝶的一次华丽的转身。
朗朗上口、朴质无华的语言中，呈现一个男人经历沧桑沉浮后的情怀。

【黄开兵编后随记】

好像是伊沙吧，把诗歌分成"写出来的诗"和"活出来的诗"，我觉得很有道理。这一首，应该属于"活出来的诗"。

大　雨

庞　白

它们来过，又走了
它们走了，还会再来

它们是一些顽固而充满智慧的劫匪
曾有组织有纪律有信仰地
自由生活了几千年
最近，它们
被气象台紧紧跟踪着
一举一动，按部就班
像极了一帮顺民

【三个 A 推荐】

　　庞白的诗歌写作数量不算多，但却不断出精品。用简单表现出复杂是诗之大道。

【黄开兵编后随记】

　　一首诗，在不同的人那里，会读出不同的意蕴。这首诗，用政治意味非常强烈的一些词语来写自然界的大雨，有没有影射现实的指向？肯定有。可是，肯定不仅仅是这样……

玫瑰之城

蒋彩云

这里种植玫瑰
到处都是玫瑰
白的红的粉的
一朵挤着一朵
一朵压着一朵
有的已被运到花店
送给了情人
来不及运走的
被标上价格
两毛一朵
多么好的玫瑰
在风中摇摆

【三个 A 推荐】

　　昆明素有"玫瑰之城"的美誉，此时蒋彩云在昆明旅游。但愿旅游结束时，她还能带回来更多的好诗。

【黄开兵编后随记】

有人说，文学要有所承载，有担当，要厚重不要轻薄……想起袁枚《随园诗话》的一个妙论，不厌其烦地将原文照抄下来："今人论诗，动言贵厚而贱薄，此亦耳食之言。不知宜厚宜薄，惟以妙为主。以两物论，狐貉贵厚，鲛绡贵薄。以一物论，刀背贵厚，刀锋贵薄。安见厚者定贵，薄者定贱邪？"

在梦里，我们去了另一个北京

划　痕

他们拼命地想要说服我
说那茫茫的是雾
我摸到了湿滑的苔藓
我从一棵倒下的大树滑了下去

下边是一个满是泥泞的村庄，一条条窄小的小巷
有篱笆、桑葚、木瓜，有一匹马
一位农妇在撒米喂鸡
她抬头看见我，却又漠然地扭头
仿佛没有看到我

他们说，我们终于到了北京
我记起了长城，却在一个卖旧货品的商场找不到出口
一个我记得烂熟的电话号码却让我换了四个电话也拨不齐
如何也打不出去

我们去了北京
那里下着毛毛细雨
大街上的石板湿漉漉的

我听到一个熟悉的声音在叫我

回头看，我终于看到了茫茫大雾

【三个 A 推荐】

划痕能把身边的小题材写大，也能把大题材往小里写，关键是找到好的切入点。

【黄开兵编后随记】

划痕这首诗，我觉得是直接把梦境记录下来的。梦，人人都做，很难说得清楚人为什么会做梦。很多人也曾研究过，但好像还没什么定论。梦，一直保持着神秘。我也做过直接记录梦境的尝试，写了一系列的《梦非梦》，有的觉得很好，有的觉得非常烂。我想，梦也是有很多种的：好梦、噩梦、莫名其妙的梦……

一个人过年

甘谷列

一个人过年

一个人独自过年

一个人在空旷和寂静中独自过年

一个人在寂寞和空虚中独自过年

一个人买点小菜小酒独自过年

一个人贴上门联简简单单地过年

一个人不放鞭炮也不拜祭祖先就自顾自过年

一个人不回老家，独自在外过年

一个人没钱也过年，有钱也过年

一个人过年，他唯愿所有的人都能够回家过年

唯独他自己一个人过年

一个人过年，一个人独自平平淡淡地过年

一个人看见了自己的岁月

就这样悄无声息地溜走了

【作者简介】

甘谷列，1971年出生于广西贵港，1988年开始公开发表作品，1996年毕业于广西师范大学历史系，大学期间开始真正意义上的诗歌

创作。写作至今，从当年仿佛在人世外写诗，到如今仿佛在地外星系写诗，仅此而已。

【三个Ａ推荐】

我是在十多年前的桂林诗会上认识甘谷列的，大家有时候甚至对他的过于耿直的性格不太习惯，从这里也可看得出他是个很真实的人。此诗很简单，可以说没有什么技巧，在阅读的过程中，却深深触动了我。

【黄开兵编后随记】

好诗就是这么简单。

我死之后

苦楝树

我要在地狱入口处
开一家高潮体验馆

买够 2 万元冥币，可以
免费停车一小时
最新推出一款定制的唵嘛呢叭咪吽超度方案
可是生意很惨淡
阎王催我赶紧交租
我说阎王
最近有钱有势的人都被抓了
他们没钱死得很惨
穷人的钱我又不好意思挣
阎王气炸
派城管小鬼强拆体验馆
把我关进十八层地狱
其实，十八层地狱不算苦
在这里认识的人都是有钱有势的
想想以后，我就富贵了

【三个 A 推荐】

苦楝树比较低调。在做排行榜之前，我偶尔在群里看到过他的名字，但几乎没有读过他的作品。最近对他的诗歌进行集中阅读，感觉他视野比较开阔，写作质量很高且稳定，是广西的优秀诗人。原来计划推荐的不是这首，最近在群里搞互动，他写出了本诗，非常棒。

【黄开兵编后随记】

苦楝树的诗歌，注重于意象的经营。可是，优秀的诗人不会也不可能只写一种风格的作品。本诗就是如此，在苦楝树的作品中，这算是比较少见的。

时光可以倒流

黄 锦

毕业五十年
同学聚会时
不经意间
多喝了几杯
醒来时
陪在左右的
是当年的
初恋女友

【三个 A 推荐】

本诗很丰富，标题也起得很好。黄锦是新人，写作的时间并不长，但是他走对了方向并且一直努力，出好诗是迟早的事情。

【黄开兵编后随记】

这诗看起来好像简单，可是，完全抵得上一部小说的容量。

缺　席

陆辉艳

在西大，我乘上
回家的青皮公车。

一个男人，让出旁边的位置
他挪开那上面的物件：
一个骨灰坛，盖着黑色绸布
"坐这儿，这儿"
他的声音压低，充满悲伤
右手按在胸前

我迟疑着，坐了下去
占据一个缺席者的位置
如果我起身，走开
虚无的时间会回到那儿
而我一直坐着
跟着这辆青色怪物
过了桥，直到终点站

当我下车，并向后张望

一排空空的椅子

缺席者再次消失

【三个 A 推荐】

我曾经多次在跟朋友聊天时提到，当你认为一个诗人写得好，最有效说服别人的办法，就是列举他（她）哪首诗歌写得好，而不是别人说什么就跟着说什么。陆辉艳近年来受到的关注越来越多，是广西女性写作代表的中坚力量。

【黄开兵编后随记】

异样的感觉，表达得异常的准确。

什么是好的春天

刘　频

1.

好的春天是

我不带孔子去春游

2.

好的春天是

菜刀，被卷心菜里的瞌睡虫，吓哭了

3.

好的春天是

果贩子都去抢拍今年最后一场雪景

4.

好的春天是

老婆婆要我帮她晒寿衣，寿衣要荡秋千

5.

好的春天是

小昆虫有了力气，在矮树上交流性爱经验

6.

好的春天是

一大早，制作小提琴的好木头运回来了

7.

好的春天是

瘸腿的野兔比火车先跑过卡桑德拉大桥

8.

好的春天是

他倒出十年的苦水，骑大象回房间睡了

9.

好的春天是

蚂蚁有了一辆私人飞机，也有水枪

10.

好的春天是

安徒生的小水电站从不停电

11.

好的春天是

妞妞躲在厕所里猜不出坏人

12.

好的春天是

一低头，就看见了弄丢的希腊邮轮

13.

好的春天是

乞丐哥俩的鲜花店快要开张了

14.

好的春天是

雨水，刚好够小铁人喝

15.

好的春天是

感冒的妈妈从果园回来了

【三个 A 推荐】

不论什么题材，都有人写过，所以写作就是创造。本诗写出了新意，与刘频以前的大部分诗歌相比，它更加具体精准。

【黄开兵编后随记】

处处有意外，或大或小的温暖，都是好的春天……

画饼充饥

黄开兵

麻烦您了
多画几粒芝麻

【三个 A 推荐】

在此我想给初学者或者一直写不出好诗的人一个建议：尽量把诗歌写短。虽然要写好也不容易。但把诗歌写短，可以让你学会克制自己。什么样的短诗算是好诗呢？本诗是其中之一。

【黄开兵编后随记】

这是属于偶得的作品，那天在群里互动写诗的时候，我写了一首《画地为牢》，贴出来后，有朋友开玩笑说，不如再写首"画饼充饥"吧。我马上即兴写了这两行。

还是那么厉害

黄仁锡

老同学靠

坐在我的右手边上

他不但酒喝得好

烟也抽得多

每喝完一杯酒

就要点上一支烟

并自得其乐地

吐着烟圈

吐出第一个烟圈

他数 1

吐出第二个烟圈

他数 2

吐出第三个烟圈

他数 3

吐出第四个烟圈

他数 4

吐出第五个烟圈

他数 5

吐出第六个烟圈

他数 6

吐出第七个烟圈

他数 7

吐出第八个烟圈

他数 8

吐出第九个烟圈

他数 9

当吐出第十个烟圈

他说：

他妈的，我还是那么厉害

【三个 A 推荐】

黄仁锡创作数量不低，也经常出好东西，本诗与上次推荐的《阳台的功能》相比，有过之无不及，是正道的现代诗。

【黄开兵编后随记】

又是互动写出的佳作！黄仁锡大哥善于在看似没诗意处发现诗意。而且，他只白描，一句评判的话也不肯多说。所以，就大好！

空　了

大　朵

您走后
书房的那张折叠床空了
阳台的花盆空了
买菜的篮子空了
订牛奶的箱空了
灶台上的锅头空了
客厅的沙发空了
沙发上堆积的一摞报纸
所有的版面也空了

【三个 A 推荐】

很明显，本诗并非情诗（男女之情）。但同样可以当作情诗来理解。好诗，总是可以让人产生不同的感触。这类题材要写好真的不容易。大朵一句"沙发上堆积的一摞报纸/所有的版面也空了"，让本诗飞了起来。最近我们向伊沙主持的《新世纪诗典》推荐了一批广西诗人的作品，大朵的作品是其中之一。这也是我们做这个排行榜的初衷——尽力向外界推荐广西的优秀诗歌和诗人。

【黄开兵编后随记】

我从第一个字"您",确定本诗是一首怀念长辈的诗。从接下来的细节上看,肯定是一首怀念母亲的诗。这类题材,佳作无数,要写出新意,实在是非常的难。大朵这首,切入点很巧妙。

高速公路

石薇拉

高速公路上

两辆名牌车

你争我夺

正当它们

放慢速度

准备和解时

一辆普通轿车

超过了它们

【三个 A 推荐】

本诗不久前刚在《新世纪诗典》推荐。年初我们去南宁参加《新世纪诗典》诗会时，石薇拉在车上完成了本诗的创作，并当场朗诵给我们几个人听。

【黄开兵编后随记】

当我们还在争论什么是诗歌的时候，这个孩子直达诗的高地。

等　候

刚　子

烈士陵园的墓碑
时刻保持着离家时
回头的姿势
青涩、腼腆，依依不舍

母亲
蹒跚的脚步在心里
熟路了二十年、三十年
一根白发是一个里程
一条皱纹是一个坎

相拥的那一刻
迟迟发出的呜咽
比分娩时儿子的第一声啼哭
来得漫长

【作者简介】

刚子，本名张振刚，70后，陕西关中人，在广西工作多年，职业警察，业余喜诗画。现供职于河池市公安局。

【三个 A 推荐】

刚子是我从未听说过的诗人。本诗中的"一根白发是一个里程/一条皱纹是一个坎"，把母亲对儿子的爱刻画得如此的深情，如此的让人难忘和感动，读罢我眼睛湿润了。

【黄开兵编后随记】

本诗场景的变换相当诡异。细读之下，诗里蕴含的情感，确实打动了我。

当你老了

拓　夫

不要嫉妒年轻人
不要埋怨网络
不要拒绝唱歌喝酒
不要停止
驾驶汽车
穿牛仔裤
对漂亮女孩儿
吹口哨

当你老了
孩子还年轻
很多事物都年轻
年轻不是罪过
我们都曾年轻

走路慢一点
说话轻一点
笑容多一点
计较少一点

如果有人冒犯

就当他是云烟

【三个 A 推荐】

最近和诗友们谈得最多的是情怀。你有没有情怀，你的情怀的大小，决定了你生命的宽度和厚度（这样比喻似乎有点俗了）和人格魅力。本诗说的是情怀及其中的微妙关系。

【黄开兵编后随记】

心态好了，做什么都好，写诗，肯定也好了。

向一只爬上十楼的蚂蚁致敬

三个 A

一只蚂蚁爬到我的床铺上

被我一巴掌打死了

看着它的尸体

我在想它是怎样

爬到我的房间来的

它是从窗口

还是从门缝爬进来的

我住在十楼

那么高

它是怎样一层一层

往上爬的

它是不是挨家挨户

爬到主人的床铺上

溜达了一圈

当它正想继续往上爬

却被我一巴掌

打死了

我没有悲伤

也没有快乐

只是想写首诗

向这只爬上了

第十楼后

惨遭厄运的蚂蚁

点头致敬

【三个 A 推荐】

我想说三点：一、凡是过分强调所谓的"神性"写作，用神性来装饰强调神性的"高尚"和"厚重"，很可能预示了"人性"的缺失，人性缺失的人都喜欢"装神弄鬼"。二、关于诗歌写作，有些人谈起来可以没完没了，听起来还很高深莫测，写起诗来却不知所云。三、其实写作靠的是自觉和自悟。懂的人迟早会懂，不懂的人你讲再多他也认为是屁话。诗人侯珏说过：诗歌是写给心灵相通的人看的。什么能让人的心灵相通？那就是诚实的写作。

【黄开兵编后随记】

我一直自称扯淡派，所以，肯定就喜欢这样的诗歌。诗歌干吗非得一本正经？干吗必须"文以载道"？话说回来，看似不正经的，其实也非常正经。

遗　言

周统宽

年近八旬的老母亲
赶了两趟鬼门关
仍未能拿到阎罗王签发的正式批文
一次家庭聚会
母亲将她的两个女儿
还有她的三个儿媳
一起招呼进她的卧室
她拿出自己备好的一套寿衣
告诉她们所放的位置
等她走后
要趁身子骨还软还暖
该怎样为她"买水洗身"
"梳头穿衣"
不至于到了那时
把她们弄得手忙脚乱

母亲的一席话
把她的儿媳们和我的二姐吓坏了
唯有年长的大姐眼角湿润

感触母亲年迈呵护的温暖

备一套寿衣

从容放下最后一份牵挂

【作者简介】

周统宽，男，壮族，1966 年生于广西融安县，1988 年发表处女作；作品散见于《广西文学》《诗歌月刊》《红豆》等报刊，诗作入选 2012 年第四届广西诗歌双年展。他认定诗是血的蒸发和泪的凝结。

【三个 A 推荐】

诗歌的写作技巧很重要，但有些看起来没有任何技巧的诗，读起来却很贴心感人，这需要进入超越维度的写作视野。但若把握不好，则很容易成为情绪化的产物。

【黄开兵编后随记】

我们那里有给老人准备棺木和墓穴的习惯，有些老人，往往好几副棺木都朽坏了，还依然健在。这些长寿的老人，一般都心态平和，对于生死，看得很豁达……

楼　台

蓝敏妮

黄昏。楼台上我们来不及收拾的衣物

在风雨中摇摆

狂风揪住了一件，像揪住了

一个醉驾的人

又揪住一件

手劲更狠

是不是抓住一个毒驾的人

又伸手扯下一件

呼啦打开

找什么呢

我们几个人躲在墙壁后面跃跃欲试

待机把衣服抢回来

刚一探头就被揪住头发

"我们不喝酒也不吸毒不是罪人！"

有人大声抗议

风张开大掌，啪地把我们揉破

"说！你们是不是鼓风的人？"

【三个 A 推荐】

好看的小说是要能吸引人，让人读起来就不想中断。如果一首好诗让人读起来觉得很有趣，那就是很好了。《楼台》出其不意的收尾很是精彩，把我的阅读感受推向高潮。

【黄开兵编后随记】

我给自己写了一句话：适当无理，保持有趣。和这首诗一对照，我更认定我说对了。

一个坏蛋的泡妞笔记

荣　斌

我准备把一个美丽的笨女人
骗上山
骗到很高很高的山上
必须是海拔一万米以上
不，必须是两万米
这还远远不够
我带她攀缘的山顶
必须有云海
必须有日出
必须有一场不大不小的雨
这无边无际的高山
必须静美无比
必须接近天堂
至少是毗邻神灵的地方

我让她傻站在峰峦之巅
让她幻想自己
已经变成仙女
让她仰望

让她陶醉

让她情不自禁

让她飘飘欲仙

让她忘记一切烦恼

让她抛弃红尘俗念

然后，我悄悄溜下山

独自闪人

不带走一片云彩

【三个 A 推荐】

好的作品通常都是经验之"谈"。但并不是有经验就能写出好诗。发现和创造让本诗大放异彩。

【黄开兵编后随记】

A 哥谈及的经验、发现和创造力，都是一个优秀诗人所必备的，还有就是想象力和收放自如的任性。

秘　密

方　糖

前天傍晚在路上散步

捡到两百五十块

两张一百

一张二十

两张十块

两张五块

它们蜷成一团躺在地上

妈妈，这事我没敢告诉你

告诉你你一定会让我"交到办公室"

从小到大见惯了你就这么做

母亲节来了

我用这些钱去买了回家的双程车票

还用两百块给你买了一盒蛋糕和一些水果

你没有赏花的习惯

工业学大庆时代的人

只喜欢努力工作报效祖国

妈妈，请你原谅我的自私

我工资少，正攒钱买房

再过二十年就拥有属于自己的房子了

到那时我把你接过来住

你要等着我

【作者简介】

方糖，1970 年生，广西扶绥人，现居南宁。为资深网络诗歌爱好者。

【三个 A 推荐】

那个年代或者有过相同经历的人，也许都曾经有过诗中这样的念头。这种爱是矛盾的却是切实深刻的。当我们无法改变梦想，注定要遭遇残酷的实现，或许诗意便是我们最好的家园。

【黄开兵编后随记】

第一眼看到这首诗，我就被其非常个人化的书写所打动。虽然非常个人化的书写，却非常有共性，从中，可以体会到至少两代人的人生况味。

真　相

荷　说

一个真相，需要一场大雪

无数个真相

需要一场又一场的大雪

那些久远的真相

如一场又一场的雪一直下到现在

你确定随着我们双腿踏进又拔出的雪屑就是真相

那也许只是些过去的碎片，也可能是线索

谁知道呢

毕竟浅的是脚印

深的还是雪

【三个 A 推荐】

本诗一发在群里便受到一致好评。庞白介绍，荷说写诗时间并不长，而且数量也并不多，这就更加让人期待了。

【黄开兵编后随记】

传统意象蹩脚的写作，往往词不达意、空洞无物。这首诗抓住"大雪"不放，追探到底，直至通透。

大苹果

陆辉艳

他每天在思圣路上，来来回回地

压低帽檐打电话

有时他蹲在马路边

举着一个破手机喊：喂喂喂

有时他摘下帽子，挠着一头乱发

似乎在谈一桩生意，而且

即将成功

那天早晨我故意放慢车速

看他像煞有介事地拨通电话

口气温柔得像个好父亲

"等着我，给你们买大苹果!"

这个身披破布条的流浪汉

手中举着一个脏污的

手机模型，说了这么久以来

我唯一听清楚的一句话

【三个 A 推荐】

我们强调写作上的变化，一方面是为避免重复，另一方面是需要突破，以求写出更高质量的作品。《大苹果》让我们见证了陆辉艳柔弱的外表下隐藏着的强大诗心和悲悯情怀。

【黄开兵编后随记】

优秀的诗人，好的文字，该结束的时候就结束，绝不多说一个字。

点头的后果

蒋彩云

是是是

对对对

好好好

这样的习惯

容易让人

患上

腰椎间盘

突出

【三个 A 推荐】

　　高校的写作教材总体来说，我认为是失败的。所幸的是热爱写作的人，还可以通过各种渠道去获取更多的有效的信息，让梦想获得更好的营养。在诗歌创作的路上，蒋彩云不断摆脱传统陈旧的审美观念的束缚，并获得巨大的进步。本诗写得很绝。

【黄开兵编后随记】

　　在别人认为无诗意处发现诗意，写出别人认为非诗的诗，不仅仅靠勇气和才气，还必须拥有的是新观念。

青　春

侯　珏

我像一只塑料粘钩紧紧抓住厨房
光滑的瓷砖。与铁钉一起承受
霉味刺鼻的毛巾，敞开大腿的剪刀
以及沾满油腥的围裙
脱下孔子的面具，我挽起袖子
手起刀落，切断手指、胡萝卜
火腿肠和一大盘青瓜

酒瓶在屋角醉得爬不起来
席梦思床垫已经凹陷
空中飞行的教科书，爱哭的女孩
构成光辉岁月，真的爱你
一无所有，挪威的森林
音乐难以撕开沉闷
内心的狂野却与文学完全吻合

然而，松弛的粘钩正无可挽回地
被某种重物扯开
落入墙角盛满杂碎的垃圾桶

在鱼肚鸡肠，残羹冷炙

蚊虫飞舞的塑料袋里

躁动，并保持一只粘钩的模样

这是我被一个女人熔化前的命运

【三个 A 推荐】

青春总是那么短暂，而青春期又总是很迷茫，这一时期的人生通常直接影响后半辈子，其实谁又知道自己将来是不是总统呢？此时此刻开心就好。

【黄开兵编后随记】

从厨房到卧室，不厌其烦唠叨那些垃圾，黏糊糊、邋里邋遢的颓废的青春，好像都是这么过来的……

将死之鱼

陆　索

用刀背和三成力
朝我的头部猛击两下
此刻，你会发现
我微微翘起的嘴角上
闪烁着超脱的释然

一尾鱼，杀与被杀
都注定是悲怆之结局
在这混浊的尘世里
一双永不闭合的瞳孔
也无法看清白天黑夜

我游走于生死的缝隙
不敢自由地甩动尾巴
害怕微微荡漾的波纹
惹来刽子手贪婪目光
夜深人静，月明星稀
我浮在水面上，感受
清风过鳍，月影舞蹈

这血迹斑斑的鳞甲

是一个卑微的灵魂

留在喧嚣的尘世里

唯一凭证

【作者简介】

陆索，本名陆庆勇，1969 年生，广西来宾人，2013 年开始尝试现代诗写作，作品散见于各地报纸杂志。

【三个 A 推荐】

陆索的变化，我们桂中水城文学沙龙的成员都很清楚。他刚进入群里时发的诗歌和现在的相比，简直没办法用语言来形容。幸运的是，他搞对路了。

【黄开兵编后随记】

换个身份对生命进行思考，这已经不少见了。陆索此诗在虚与实的转换中，游刃有余。

感　慨

石薇拉

我时常在感慨
眼前的这座山
有多么的高
多么的壮
虽然我知道
那只是个摆设

【三个 A 推荐】

去年春节，石薇拉在老家过年时写的本诗，我当时用手机拍照发到微信上，获得不少赞誉。她经常用纸条写了过后就忘了丢在哪里。最近她写得比较少，好在还不断变化。每次她写完就给我看，我说可以留她就录进电脑里，我说不行她就丢进垃圾桶里。

【黄开兵编后随记】

看了 A 哥评语的最后一句，我很担心 A 哥不小心把小薇拉的好诗给弄丢了。一句很认真的玩笑话。由此也可见，A 哥对诗歌的严格要求，我的担心显得多余了。

劫

拓　夫

算命先生说
你在三十岁那年
有过一劫

我回忆了一下
那年秋天
在张家界
我遇到一场雨

【三个 A 推荐】

　　拓夫状态太好了，不仅自己不断写出好诗，在群里跟大家互动时也是佳作不断。他的作品几乎都是直指当下现实社会的各种弊端，看似随意散淡的语言，却包含着严肃的思考和忧患意识。与众多顾影自怜、无病呻吟的写作相比，他的这种坦率挚诚的思想指向显得很可贵。本诗的写作是以中国传统文化情绪作为依托，切入个人在社会复杂的背景下生存的不可预测性。短小简练，意味深长。

【黄开兵编后随记】

拓夫的诗歌题材非常广泛，语言松弛自由，视野开阔。我曾戏
称：我们扯淡派有八字真言——大题小做，小题大做。此诗，是典型
的大题小做了……

周　末

荣　斌

我躺在许亚童的迷梦里瞻仰这个周末
我把青花瓷倒过来，把玩，轻轻敲碎
我斟满一杯热茶，优雅浇花
看着它慢慢枯萎，静静死去

这时辰必定有酒香弥漫，酒香必定四处招摇
我必定会醉倒一个上午，同时还醉倒昨夜的陌生人
我贴在水面肆无忌惮，我落在今年十二月的枯枝上
我变成了菜鸟，寻找着菜园
我的鸟语被一把弹弓射死，羽毛四处飞溅

我只是想在我自己的掌心跳舞
没有钢管，我就把木棍当成临时道具
我听见血液滴答的声音，像山涧溪水流动，很好听
我忍不住抽出藏刀，割肉，割命根子
割难填的欲壑
割一切可能导致悲剧的幻觉

我还想歌唱往事，我掩埋没有任何依据的回忆

乃至一切不靠谱的爱情

它们都将被掩埋，被遗弃

我决定出走，但是脚步突然迟钝，它停留在这个周末

它找不到出路，无法判断哪儿才是回家的途径

【三个 A 推荐】

荣斌很忙，他要打理公司，为公司上市做准备。这些多少都影响到他的诗歌写作。我希望他能继续忙里偷闲，静下心来当然就能写出好东西了，比如本诗，开头很好，结尾也压住了。

【黄开兵编后随记】

我写过一首短诗：一个词追着一个词/进了死胡同。本诗也是一个词追着一个词，险象环生，但没有如同我所说的"进了死胡同"，正如 A 哥所言：结尾压住了，一首飘飞着的诗，沉稳落地。

锁

荷　说

锁每天都立在门口

等着心爱的钥匙回来

无数个日夜

它们分离，重聚，相拥

直到在一个黑夜里

小偷用一根细细的铁丝

将锁的心打开

锁才发现

原来钥匙并不是它的唯一

锁暗自高兴

打算保守这个秘密

可就在第二天

锁先于钥匙

被换掉

【三个 A 推荐】

原计划一年之中每个诗人推荐作品数量上限为六首，后来想想，觉得这样做对那些写得好又多的诗人是不公平的。因此，我们在推荐的数量上已经全面放开，只要你写得好，达到推荐的标准，我们都不会放过。而且，推荐的频率也不再限制了。比如荷说的诗，上周刚推荐过，本周继续。只要你写得好，好到让我们心动，什么都阻挡不了。

【黄开兵编后随记】

荷说的作品充满灵性。既有女性特有的敏感，又有着严谨的思辨光芒。每一出手，都让人惊艳。

我的生活原则

非　亚

简单，直接，举重若轻
不会放任任何坏情绪弄糟自己的生活
在需要解决问题之时
会拿着刀
像外科医生
无声地，解决掉一个肿瘤

【作者简介】

非亚，1965 年生于广西梧州，1987 年于湖南大学建筑系毕业，大学毕业前受朋友影响，开始诗歌写作。1991 年和朋友一起创办诗歌刊物《自行车》，并主办至今，2011 年获《诗探索》年度诗人奖。现居南宁，职业为建筑师。

【三个 A 推荐】

我去非亚博客看过两次，黄开兵也去看过几次，都没有找到我们心目中的诗歌。当然，可能他更好的作品并没有发在博客里。但这首我喜欢，简单叙述背后隐含着深沉的生存文化的焦虑、困境与无奈。

【黄开兵编后随记】

非亚是广西重要的诗人之一，我们做这个诗歌榜，肯定想到过去找他的近作。现在已经不是论坛、博客风行的时代了，很多诗人写诗，也不再像以前那样贴在论坛和博客里了，这给我们的荐读带来了一定的难度。比如非亚，我去搜索，去他的博客翻看，只能找到旧作，只好作罢。看到本诗，终于弥补了这个缺憾。

不许投降

刚　子

我是警察，他是贼
我们在逢年过节的
酒桌上，不时相遇
他喊一声"姐夫"
我就举起一杯酒
我喊一声"内弟"
他就举起一杯酒
在他每次吐了又喝、喝了又吐
举起双手的时候
我都恨恨地说
不许投降

【三个 A 推荐】

　　写不好诗歌，我想，除了观念上的问题，还有自身的才气和天赋的欠缺。你若有才气，那么一切都在你的掌控之中，而你的天赋会让你起点高于一般人。刚子这首诗有趣大气，还有诗背后做人的骨气。

【黄开兵编后随记】

现实社会中，此种情形应该不是少数了，每每遇到此种情形，一种微妙的人际关系……此诗并未做太多的描写和阐述，短短几行，呼之欲出。

失　望

黄开兵

我站在河滩上
为那么多的鹅卵石难过
我给它们一个一个翻了身
给它们画上眼睛
可是它们依然视而不见
我给它一个一个地画了腿脚
可是它们仍然不肯奔跑

【三个 A 推荐】

　　有人写来写去都是炒一碟菜，都是那几滴酱油、几根青菜，再换个别牌子的盐巴，最后让人还没吃就腻歪了，主厨却还自我陶醉，诗坛上有不少这样的"主厨"。读读这样的诗可以治病。

【黄开兵编后随记】

　　我开始在网络写诗的时间很晚，直到 2010 年才会用 QQ。此后，我大部分的作品都是在线临屏即兴完成的。这种写作有利有弊，利的一面是能激发创作力，提高抓住瞬间诗意的能力；弊的一面是容易流于表面化，陷入惯性写作。

手　铐

陆辉艳

K1 路进站时，人们
像一群密集的鱼苗
哗啦一声拥上去
我迟疑了一下，落在后面
不得不夹在过道中
这匆忙、拥挤的生活
不得不爱，不得不接受
举起双手，各拽一个吊环
哦，耶稣受难的姿势
座位上，一个坐在妈妈怀里的孩子
仰起头，指着那些晃荡的吊环
突然大声地说：
"看，好多手铐！"
车里一阵哄笑
笑得最大声，笑得溢出了泪花的
是那些手抓吊环的人

【三个 A 推荐】

前两周推荐了陆辉艳的《大苹果》，引起比较激烈的争议，支持的人说很震撼，反对的人说不太像诗。我个人认为，既写出了《缺席》和《环》这样优秀的作品，又写出了《大苹果》及《手铐》这样的大诗歌，不是心胸狭窄的人能容纳和理解的高级写作。

【黄开兵编后随记】

陆辉艳应该也是天天挤公交车上下班的人，她写了好几首和公交车有关的佳作。毫无疑问，她是一个善于捕捉俗世生活中闪现的诗意的优秀诗人。

失　眠

大　朵

当她扭亮台灯
我假装沉睡
故意发出轻微鼾声
她拿出手机
在 QQ 上瞎逛或写心情

而我在想过去
那时我们在黑夜说话
亲吻拥抱抚摸对方
那时我们交换书本
交换昨天和明天的位置
如今同卧一床
像平底煎锅中的
两条鱼

时间的河
裹着我无声流逝
当她关灯入睡
黑暗中

我也偷偷

拿出了手机

【三个 A 推荐】

诗人一旦走上诗歌的高速公路，想停下来都比较难，除非是作者
想改变方向逆行。大朵已经排除杂念和乌云的干扰，加大油门往
前冲。

【黄开兵编后随记】

非常典型的手机族，如此情形，在当下已经司空见惯，而经诗人
之手写出，却触目惊心。

又是一天好光景

黄仁锡

早上出门

认识我的人

都跟我说

今天是你们的节日

肯定有搞头了

我不去纠正他们的话

因为前几年的确也是有搞头的

每到这一天

老师们都会聚在一起

开一个座谈会

其间会得到几句祝福

运气好的话

会发得一把雨伞

或者一个茶杯

然后再吃一顿饭

2013 年开始

座谈会取消了

不发茶杯

不发雨伞

什么都不发了

也不给聚餐了

这些事情

他们是知道的

但我不去纠正他们的话

他们说有搞头

就算有吧

我们学校

前年来三位美女

去年来五位美女

今年来七位美女

学校都安排她们

9 月 10 日这天

在全校师生面前

做自我介绍

这节日

便有了喜庆气氛

【三个 A 推荐】

本诗把当下中国节日文化这种微妙心态用喜剧形式表现得栩栩如生。其实，好诗还要靠大家自己去感悟和感受。

【黄开兵编后随记】

中国式节日，黄仁锡式幽默。黄仁锡大哥一直保持高产量、高质量的写作。他的诗，讽刺也显得很憨厚，已经自成一派。

宰只大阉鸡过年

海 马

年三十
我宰了只大阉鸡
山上放养，味道清香
大年初一不杀生，我泡茶写字
大年初二我宰了只大阉鸡
是家鸡，味醇正
大年初三我又宰了一只
我宰鸡时想支开儿子
我担心我宰鸡割颈放血的残忍
伤了孩子六岁的眼
僵尸来咯——儿子跑过来
我诧异儿子眼里没有丝毫恐惧
儿子一脸稚气地问，爸爸爸爸
这是鸡妈妈还是鸡爸爸
鸡长大了是给人吃的对不对
我愣了一下说是只阉鸡
我本想要跟儿子说
阉鸡不是鸡爸爸
不是公鸡

阉鸡不会下蛋

不会下种

阉鸡貌似肥硕强大

但不会打架，又不敢自杀

爸爸只好把它给杀了

可我没说

什么也没说

【作者简介】

海马，本名黄允旗，壮族，1967年生，大学本科，广西作家协会理事、鲁迅文学院第一期少数民族文学创作培训班、第七届全国中青年文艺评论家高级研修班、第三期全国地县级文联负责人研修班学员，现居广西钦州市。作品散见于各类中文文学刊物，有诗入选各类诗歌精选版本和广西少数民族文学作品展、广西诗歌双年展等。著有诗集《浪浴》《海马诗选（1994—2014）》。

【三个A推荐】

第一次和海马见面是在首届鲁迅文学院少数民族文学创作培训班。人很热情，后来还跟我约过稿子，在《新世纪诗典》南宁诗会上，他朗诵的诗歌给我印象很深。海马的思维比较活跃，一些好句子经常脱颖而出。

【黄开兵编后随记】

"什么也没说"，其实什么都说了。

所谓恶毒

划　痕

叫我吞下那粒种子的时候
你说，乖，这跟糖一样甜
我当时确实也没觉得苦
我以为，哪怕不开花
它也会长成一株清纯的草
可是，后来
我莫名其妙地浑身长满了刺
我还没质疑
你就逢人便指着我说
看，我种瓜得豆

【三个 A 推荐】

　　当有些人说诗歌不能这样写、不能那样写的时候，他要么不懂诗歌，要么有别的目的。其实现在这种伎俩已经行不通了。只要你写得好，总会有人站出来点赞（当然，别指望那些夸你一句就像要割自己的肉一样的人）。

【黄开兵编后随记】

有这样一句大家耳熟能详的话：把自己的快乐建立在别人的痛苦之上。可以作为此诗的注脚。但此诗所呈现和所蕴含的远远不止这些。

马岭镇

苦楝树

听到打铁的声音

我朝黑暗走去

一直走

一直走

整条街的铺面

都关门了

【三个 A 推荐】

开兵把本诗发给我，没想到会是苦楝树的诗，这首与我所看到的他的其他诗相比有很大的不同。不同，又如此之好，更难得。

【黄开兵编后随记】

苦楝树此诗，深得唐人绝句的神韵。

纸上的情人

田　湘

情人节的这一天
他在纸上画了一个情人
他重点画了她的眼睛
够大够圆够专一
只能盯着他看
只能勾他的魂

他还是不放心
把自己也画到情人身旁
他说只有纸上
才有一生一世的爱情

【作者简介】

田湘，1962 年生，著有诗集《城边》《虚掩的门》《放不下》《遇见》及配乐朗诵诗专辑。作品散见于国内主要诗歌刊物，入选多种诗歌年鉴，曾获《诗歌月刊》年度诗歌奖、公安部金盾文化工程艺术奖、"诗歌·心时代"杰出贡献奖。为公安部首届签约作家，有"沉香诗人"之誉。现居南宁。

【三个 A 推荐】

田湘的诗歌和他的人一样厚实。本诗是在厚实之上出了巧，更有现代意识的韵味。

【黄开兵编后随记】

想起一个成语"画饼充饥"，虚构的情人源自于现实的孤独。

黄山爱情

拓　夫

那年在黄山
他们学着别人
也在山顶那条铁链上
挂了一把锁　然后
把钥匙扔下悬崖

很多年后
他再次来到山上
锁还在
一把挨着一把
很多是新锁
更多的
早已锈迹斑斑

他掏出手机
对着那些锁正要拍照
一个女孩儿过来说
老公　我们也锁上一把吧

【三个 A 推荐】

好的诗总是常读常新。婚姻的誓言和秘密是锁不住的，现代人的情感善变同样是不可预知的。

【黄开兵编后随记】

愿望，或者祈求，从某方面来说是不自信。于是我们将自己的前程、健康、爱情等都托付给一块石头、一棵老树、一副画像、一把锁甚至托付给街头的一副墨镜，以为那就是能拯救自己的神灵。

在他乡

刚　子

农贸市场门口
每天大清早都有成群的鹅等待交易
它们从一排排竹笼中伸长了脖子
这些年，在火车站看到太多这样的场景
脖子伸得越长
离家越远

【三个 A 推荐】

推荐刚子的第一首诗时，我没过他会这么快就冒出来。只要用心去写，一切皆有可能。在我们的排行榜里，诗歌写作没有论资排辈之说，只要写得好，我们都很高兴推荐给大家。

【黄开兵编后随记】

好诗往往让人看过之后有很多话要说，却又一句话都说不出。

前赴后继

盘妙彬

春江水暖鱼先知
大坝底下，鱼蹦蹦跳

鱼从下游赶来
返回遥远的上游产卵
大坝不让它们过去
高高的大坝有一张断子绝孙的脸

跳不过去，鱼还是前赴后继地跳
鱼在流泪，天知道

每年这个时候
还会有一张张网守候在大坝底下
鱼是知道的
鱼还是前赴后继地来

【三个 A 推荐】

写作者大多数时间都是踩着自己的影子前进，如果你不写，就永远不知道自己能不能逃离自己的影子。好诗歌就是这样出现的：当你跨出自己的影子的瞬间。如此往返，超越自己。

【黄开兵编后随记】

大坝的绝情、网的趁火打劫、鱼们的悲壮赫然在目。诗人的悲悯隐在冷酷的文字后面。

Copy

荷　说

我躺在床上

月光如水

从窗前流过

它先流过我的头发

然后流过我的脸

接着流过我的双肩

流过我的手臂

流过我的胸膛

最后流过我的双脚

就这样

它将我复制

粘贴在墙角

【三个 A 推荐】

常有人问我，怎么区分前口语和后口语诗歌？我的观点是这样：
前口语写作就像是实用品，后口语写作就像艺术品。前者强调的是作
用意义，后者要求艺术至上。

【黄开兵编后随记】

忍不住又要赞美荷说，每一次都给人带来惊喜！

"寻狗启示"

石薇拉

墙壁上

一张海报

上面写着

"寻狗启示"

四个大字

还有一张照片

照片上

一只狗的脖子上

挂着一条金项链

【三个 A 推荐】

第一次读到拉拉写的这首诗时，我忍俊不禁。假如没有最后一句，那这首诗就显得很平淡。关于狗的题材，去年我写有一组诗（几十首），而石薇拉竟然还能写出让我惊喜的诗，没有理由不推荐。

【黄开兵编后随记】

似乎孩子们离诗神更近。但也不是所有孩子都能写好诗。这和环境也有关。

很多孩子写着老气横秋的诗或者空泛地抒情。都说诗歌是不能教的，我觉得也是，教就会教坏了。但观念可以影响，有一个写现代诗的老爸，耳濡目染，拉拉的诗一直充满现代感，甚至比她老爸更现代。

女 儿

荣　斌

女儿转眼十五岁了

女儿有早恋的迹象

被我扼杀在摇篮里

我使用的手段很老套

一是毫不犹豫地转学

二是循循善诱地恐吓

三是使用金钱满足她

我告诫女儿

不要迷恋那些破哥

他们连传说都不是

充其量，只是一枚

连小鸟都不叮的果子

颜色好看，却很苦涩

老爸当年比他们强多了

但却从来不勾引小女孩

老爸努力学习

老爸天天向上

老爸威武不能屈

老爸贫贱不能移

女儿说，老爸你说的这些

我已经听了 101 遍了

能不能，说点别的

我苦思冥想

正要换点新鲜的说教

却发现

她睡着了

【三个 A 推荐】

当我们作为父亲用自己的方式去爱自己的女儿时，她未必就能接受。其实是孩子长大了，她们开始用自己渐渐形成的价值观去跟世界对接。作为诗人，我觉得对孩子最好的爱就是为她写诗。

【黄开兵编后随记】

典型的中国式父女关系，但这首并未落入俗套。虽然没解决问题，透着无奈，但写得轻松幽默，充满父爱。

紫色花

蒋彩云

路过的人
回头看看
开成片的紫色花
我蹲下来
只盯着一朵
表示惊讶

【三个 A 推荐】

在排行榜中，我们将 90 后高校诗人蒋彩云放在第一位推出，现在想想可谓有一定的冒险成分。一旦她不写了或写不出好东西，作为主持人，面对大众审阅肯定会很尴尬，所幸的是，蒋彩云已用作品向大家证明了她作为佼佼者的存在已无可争议。

【黄开兵编后随记】

由大到小，由面到点。佛说：弱水三千，只取一瓢。这里化用得不着痕迹。

不要拒绝

三个 A

不要拒绝雨后泥泞的小路
不要拒绝月光下的阴影
不要拒绝悲伤后的快乐
不要拒绝柔软鞋子里的沙子
不要拒绝冬天马桶的冰凉
不要拒绝走在路上的孤独
不要拒绝大海的汹涌
不要拒绝父母的唠叨
不要拒绝杂草丛中的虫鸣
不要拒绝深夜里的狼嚎鬼叫
不要拒绝做梦
不管日子多么平淡
不要拒绝内心的热情
让它尽情地燃烧吧
若温度超过四十
就去医院打一针

【三个Ａ推荐】

选自己的诗确实不容易，最后还是选了上过《新世纪诗典》的这首。说说这首诗的来源，那天荣斌带我们去吃饭后他有事情，让我负责把同去的蒋彩云还有她的同学送回家。大家自然就在车上聊起诗歌的话题。过了几天想起要写诗时，突然想起那天聊的内容可以写诗歌。

【黄开兵编后随记】

排比句式的写法相当普遍，很多人都写过。这种写法容易出作品，也容易写滑了。诗末尾突然来个漂亮的回旋掌，让人拍案叫绝。

照　片

覃国钧

经过顽强拼搏
冠军宝座
终于又回来了
领奖台上
队员热泪盈眶
前排站满了
官员

【作者简介】

覃国钧，男，中国辞赋社会员、广西作家协会会员、广西书法家协会会员，作品散见于《广西文学》《支部生活》《广西文艺界》《贵州文学》《中国诗词月刊》《盛世华章》《八桂诗词》等杂志。

【三个 A 推荐】

凡是中国人或者中国队在比赛中获得胜利，不仅选手甚至包括观众都会纠结到底先感谢谁呢？这真是个大问题。国钧老哥则抓住这样的镜头，写出了一首漂亮的诗。

【黄开兵编后随记】

感谢祖国！感谢政府！感谢领导！感谢同志们！感谢亲友们！感谢爸爸妈妈！感谢感谢感谢感谢感谢感谢……

金城大街

寒　云

有些什么人，突然来到
又突然失踪
金城大街冷清得很
谁都知道
他们没找到那个浪荡的情人

一个少妇在阳台上晒胸
一条宠物狗当街撒尿
还有一群气喘吁吁的马匹
正着急地赶往火葬场

"你看这大街上，
倒下去的都是男人，
站起来的都是女人。"

这是黄昏
金城大街冷清得很
如果你看见有轻捷的麻雀飞过街角
请替它高兴几分钟

【作者简介】

寒云，原名石肖永，号刁江老鸟，男，瑶族，广西都安人，1993年起开始发表作品，作品散见于《民族文学》《天津文学》《东京文学》《扬子江诗刊》《广西文学》《红豆》等刊物，广西作家协会会员，现为某文学内刊编辑。

【三个 A 推荐】

寒云又名老鸟，挺好玩的人，他曾经和牛依河合作用壮话朗诵过我的《三十八岁》，声情并茂的效果相当好。其实不管是写抒情诗还是口语诗，只要你有足够的诚意，用心灵去体验并擦出情感的火花，同样能点亮更多的具体的诗意。

【黄开兵编后随记】

"小城故事多"，此诗取景、选材都很独特，不枝不蔓，恰到好处地描绘出一个小城的面目。

把半边月亮也洗了

蓝敏妮

夜黑里蹲着一丛小火比她的

红衣更暗

暂时没有人来制止

她还绷着那一句"扒开他的皮慢慢看"

此时白的黄的或黑的纸壳正走出来

她也准备站起身

清晨她在广场的水龙头下洗衣裳

把半边月亮也洗了

几件衣服

晾在儿童滑道旁的护栏上

每天她倚靠银行的玻璃门时

西走的太阳正经过她

她锋利的舌尖不停地刺穿金翅

有时朝着衣服的方向远望，指尖拨动

反复指骂几个摇头摆臂的假人

我对她如此熟悉　所以

每次看见她

我都快步远远地绕开
她好似另一个从未现身的
想骂人的自己
我那么害怕被别人看出来

【三个 A 推荐】

这两天心情比较低落不想做事，好在还有好诗可以读。蓝敏妮最近的诗作整体都不错，这首尤其好。

【黄开兵编后随记】

经常看到有人评价别人的文章时说：这是诗一样的文字。那往往是形容那种优美华丽得几近空洞的文字。其实，诗的文字不一定是优美的不一定是华丽的，也不一定非得这样或者那样。试图给诗一个概念，从来都是失败的……

天气变冷时我所关心的一些问题

拓　夫

父亲和母亲的身体我不用担心了
他们的墓都很结实，周围的树
可以挡风
弟弟的田地我也不担心
因为他早已不再种地
住到了城里
天一冷我就知道
一年又快过去了
我的诗还没写完
想在夏天办的事后来移到秋天
现在已经冬天了
春天发出去的问候
到现在还没有消息
北方河边的垂柳
如何在叶子褪尽之后
用一根根细枝
抵御严寒的侵袭

还有蚂蚁

是否添了寒衣

长期住在地下室

会不会风湿

它们的冷库

什么时候才能装满过冬的粮食

倒下的大树

是不是真的死了

它的伤口流出的脂汁

什么时候才能化作琥珀

那些昂贵的沉香

穿越回去是它们哪一截身体

剩下就是雪花了

是否还像少年时那么白

不用减肥

也能落地无声

替大地掩盖

那些蓄意的罪恶

无心的过失

至于我

只是饱食终日

用残存的一点温暖　应约

为寒冷赋诗

【三个 A 推荐】

初读到本诗，我就曾经想留下作为排行榜的压轴之作。"父亲和母亲的身体我不用担心了/他们的墓都很结实……"这是多么震撼、朴实而温暖的诗句，从生者到逝者的关怀，瞬间转变，感慨万千，太绝了。

【黄开兵编后随记】

从死到生、从大到小，触及"万物"和"小我"，有小情绪，也有大情怀。

我死之后

吕小春秋

不要哀乐

就唱唱赞美诗吧

再给我说一说，基督救恩的故事

亲人们站在一旁

不要流泪了

活着的时候，我给你们的太少太少

无神论的同事，就不要来了

请把参加追悼会的文件撕掉，愿死亡的恐惧

远离你们

远道而来的那个谁谁，请原谅活着时

我只允许喊你兄弟，请原谅

我眼角清泪

赞美诗歌已经响起

亲爱的人，请把哀伤擦去

请低头想一想，这个死人的一生

以及灵魂当走的道路

【作者简介】

吕小春秋，女，70 后，现居广西贵港市。作品见于《中国诗歌》《潮诗刊》《新世界诗刊》《皖风文学》《杯水》《当代诗人》等刊物，入选《2010 年度中国网络诗歌精选》《华夏 2009—2011 优秀网络诗歌精粹》《21 世纪诗歌精选》《中国当代短诗选》《走不出的雨巷——南方散文选》等文集。

【三个 A 推荐】

还是第一次读到吕小春秋的作品，喜欢这样诗心很纯的诗歌。

【黄开兵编后随记】

跟很多朋友谈及当下的风气为何如此败坏，大家都认定是没有信仰。即便有，也是伪信仰。在我国，涉及信仰的诗歌可以说非常多，但大都是和佛道有关，独善其身的逃避。此诗明显是基督教的，真切的爱。感谢主！

信　仰

黄开兵

三叔又到土地庙上香了
我笑他
您老不是在党旗下宣誓过吗
三叔说他一直是无神论者
这香
是帮三婶上的

【三个 A 推荐】

诗中的主人公玩的是中国式的小聪明，让我忍不住想笑。这样的
人也有很可爱的一面，特别好玩。黄开兵则写得高明。

【黄开兵编后随记】

中国人有没有信仰？很多人会回答：有！对，中国人有事没事都
会求神拜佛。但这是真的信仰吗？问问三叔就明白了……

乡村的夜宵摊

苦楝树

三号桌的三个小男孩
一起抽烟谈论如何泡妞
生涩的技巧让我想笑
一个说在她楼下学难听的鸡叫
一个说跟踪女孩去帮忙干农活
一个说请她去酒吧玩把她灌醉
他们又抽一支烟
交流下一套笨拙的方案

八号桌坐下了四个女孩，其中
一个看上去有几个月的身孕
月光打在她的身上照出了
胎动和骨头。她们点了烤鱼
谈论初中毕业后的打算
一个说继续读书反正家里有钱
一个说去学习美甲以后自己开店
一个说要问过男朋友。而孕妇一直
没有说，她只是用手托着肚子
像托着一个黑色的星球

我潜伏在这两桌人中间

一瓶啤酒喝到月亮下山

反复吸着一只空螺蛳壳

回到家翻开二十年前的照片

让我非常惊讶

照片的背景：那辆生锈的东方红

在我身后，像极了今天的老父亲

【三个 A 推荐】

在诗歌写作上，苦楝树头脑很清醒，自然他的写作也令人放心。

【黄开兵编后随记】

选苦楝树的作品可以说毫不费劲，其佳作不断。让人欣喜的是，他能写好各种风格。各种题材，他写来得心应手。

劫

荷　说

冠头岭的上空
一只受伤的山鹰艰难飞行
这个季节
它被迫放下王者的姿态
像一只普通的小鸟
惶恐地躲进山林

不远处的普渡寺里
和尚在吟诵因果
偶尔的几声枪响
不时将吟诵打断
······

【三个 A 推荐】

荷说可供选择的诗不少，本诗第二节写得很漂亮，让人难以拒绝。

【黄开兵编后随记】

本诗有些细节不甚完美，但瑕不掩瑜，画面的剪辑相当精彩。

灯

蒋彩云

我想要一盏灯

不是白炽灯

不是节能灯

不是霓虹灯

也不是路灯

而是小时候

在外婆老家看见过的

一盏马灯

在梦里

我把它从废弃物中捡起来

学着外婆的模样

把它点亮

【三个 A 推荐】

不论是技术处理还是情感表述，本诗都做得很好。蒋彩云又在飞跃。

【黄开兵编后随记】

不入流的诗人往往在抒情的时候用力过猛，所以显得矫揉造作。优秀的诗人都是恰到好处，几乎了无痕迹。

寒夜，我想起那些露宿街头的人

荣　斌

气温骤降，这个冬天第一场寒流已经到来，有点冷

望着窗外，零星飘过的细雨，还是冷

我工作了一整天，从早上 7 点，到深夜 12 点，有点忙

这一整天我没挪过地方，也没走出房门，确实忙

虽然我只吃了老王打包带回来的一份快餐

但是不觉得饿，是的，我忙，一忙就不饿

因为太多事情已经使我忘记饥寒，甚至忘记周遭发生的一切

当我放下手中的活儿，转头凝望窗外

这才发现，冬天已经不期而至，真的不期而至

昨天不是还好好的吗？阳光那么灿烂，像一张情人的脸

现如今却这么无赖，冬天，连个招呼都不打，说来就来

不客气得就像个蹭饭的家伙

暮色冰冷，我就突然想到了有一个人，或者说是

有一群人

他们无家可归，没有栖身之处

世界那么大，可是，他们竟然居无定所，没有安放灵魂的巢穴

哪怕是一只可怜的小铁盒子，都没有

他们衣衫褴褛，他们的目光透亮，却被渴望占领着

在这样一个寒冷的黑夜，我突然想起了遥远的安徒生

我想读一读安徒生

不，我读的不是安徒生，而是那个衣衫单薄的小女孩

卖火柴的小女孩，记得吗，她有一双美丽的大眼睛

还有一头柔顺而枯槁的金色长发

那时我在一所斑驳的乡间中学，那时我就认识了她，我经常把她

名字叫错

我称她为——卖女孩的小火柴

她是邻家妹妹，后来她进入了天堂，在一簇火光的尽头慢慢
熄灭

她的影子被我追逐了许多年。无家可归的人啊，你们

在哪儿呢？你们是谁

你们之中是否有一位是我的孪生兄弟

或者姐妹

没有回答。这黑夜只有很冷的风，渗入骨髓，还有无数双麻木
的眼睛

我不知道，我或许根本就没有见过他们

或许是曾经在路过的天桥下面，在干涸的河边，在某个残破的
寺庙

也可能是在某条没有名字的街巷

总之，我不知道他们身在何处

就仿佛那些零散如一团乱麻的命运，左掌上的纹路，痕迹模糊

他们不知道自己来自何方，更不知道明天的去向

我想到了他们的辘辘饥肠，还想到了更具体的一些面孔与神情

有泪的眼角，有呼吸的鼻翼和依然搏动的血脉

我的心被刺痛，是的，心是肉长的，偶尔会具有痛感

在这样一个暗如沉铁的夜里，我无法平静下来

尽管身体疲惫不堪

但却被这些虚无的镜像搅拌得十分焦躁！我突然非常沮丧，透
　　过窗口

用目光摸索最黑暗的远方

那一瞬间，我还想起了海德格尔，这个骄横的浑蛋

我被他骗去了整整一把年纪

就因为一句"人，诗意地栖居"使得多少梦想颗粒无收

可是我现在注定无法释怀，因为心中的块垒消除不去

那些人的影子像招魂的旌幡，在我眼前飘浮

那些活着的，死去的，以及半死不活的，那些黑色的瞳孔

如同燃尽的蜡烛，渐渐暗淡

在这样孤寂的深夜，他们冷吗？他们是否斜靠在龟裂的墙角抱
　　团取暖

他们是否也学会了等待明天？明天在哪儿？明天会有一轮温暖
　　的太阳吗

【三个 A 推荐】

　　本诗自然平实，娓娓道来，令人读罢心头一震。长句子的诗歌并
不好写，能吸引人一口气读完的，当算是佳作了。其实之前我读过本
诗，荣斌最近发出来说是进行了比较大的修改。再读后就决定推
荐了。

【黄开兵编后随记】

诗写长了，最怕散架。此诗看起来就像一个过度劳累的人在絮絮叨叨，似乎琐碎却满怀大爱，而且这种感情贯穿始终。诗人没有一味地虚写或者实写，而是虚虚实实，收放自如。

想对独山边的月亮说

杨　合

请再亮一点，把亮度再调高一点

天空的蓝颜色还在

你就来到独山边的天空

那么大的一座山

那么小的一个你

在我的瞳孔里很不相称

不过，我想对你说

说一些关于独山的事

这是一座孤独的山，你看得见

这是一座庞大的山，你看得见

这是一座树木葱郁的山，你看得见

这是一座位于我家屋后的山，你看得见

这还是一座有秘密的山，这你就看不见了

我告诉你

它的树木被我们砍去做柴火

它生出的淮山被我们挖去当饭

它的石头曾经滚下来砸坏姚家的房子

它的半山腰被我的父辈修出了一条水渠

现在，我的父亲又在它身上种植观音莲

最后一点

就是你曾经看见过的那场大火

那是 1986 年烧遍整个独山的大火

响了一整晚的大火

吓得我尿了床的大火

我知道是谁放的

对不起，这个

是我唯一不能告诉你的隐秘

【作者简介】

杨合，男，20 世纪 70 年代出生。写诗也写小说，有诗歌入选伊沙主持的《新世纪诗典》，著有小说集《云烟过眼》。为鲁迅文学院第三届西南作家班学员、广西作家协会会员。现居广西金城江。

【三个 A 推荐】

杨合的诗读起来很轻松，这种轻松除了语言上的直白简练，还有讲述的吸引人。这两者相加起来就需要功夫了。

【黄开兵编后随记】

想起那个著名的树洞，是的，每个人心底都有一些秘密，不敢对别人说出。即使对着再可靠的倾诉对象，也还是有不能说的秘密。

子　弹

石薇拉

一枚子弹
直射他的肚子
被送去抢救
医生说
无力回天
子弹就在他肚子里
安家了

【三个 A 推荐】

尽管石薇拉有很多诗歌可以推荐，但是每次都是黄开兵提及时我才会想到她。而我只是希望她能写出新的更好的作品，因为过去的写得再好终已过去。AAA 诗歌排行榜的目的和意义，就是推荐并期望之后你写出更多的佳作。我们能做并敢讲的是，在诗歌面前绝无私心。

【黄开兵编后随记】

拉拉这孩子，在此不能称为孩子了，应该说优秀的诗人拉拉。她的诗歌非常简洁，很节制，直达本质。

红白双脸

蓝敏妮

黄昏我走在雨后的森林公园

不时脚下打滑

或有奇怪的小狗扑到脚尖

我看到路旁安放的美人石侧脸灰白

那只七点钟的林间鸟突然跳出来

叮叮叮像医生一样敲我的脑骨

我听懂了它的暗码

折身逆行而去

许多红朵和香枝

把守着寂静的绝地

我挤进去门就迅速地合上

我像白色的孔雀轻轻跳跃

突然听见脚步声，我回头

一条透明的小路一直尾随我

不停变脸

一会儿是路

一会儿是鸟

一会儿白

一会儿红

【三个 A 推荐】

人需要不断打破自己，才能脱胎换骨，获得新生。但对大多数人包括我自己而言，要离开自己再回头审视自己并不容易。两年前我就跟蓝敏妮说过，她若把精力放在诗歌写作上，很快就能超越自己其他的作品。那年我还向诗友推荐过她和石语的诗。如此美好的诗歌缘分，最终在荣斌赞助的《新世纪诗典》南宁诗会上上演了。

【黄开兵编后随记】

很多人认为我们偏爱口语诗。对此意见，我们一般直接忽视。观念的问题根深蒂固，多说也无济于事。只要真的用心看我们的榜单，你会发现我们选诗的丰富性。因为我们并不排斥某一种类型，我们相信每一种风格都可以写出好诗。

高　度

苦楝树

太阳照在我熟悉的事物上

形成高大的墙

有西天极乐，近在咫尺

的清凉感

从哪里飘来饭香的音乐

是胎教也是超度

等太阳爬到事物的背面

我会在这面庄严写下：坦白从宽

【三个 A 推荐】

苦楝树的短诗很精彩，他的作品我最喜欢的是本诗和上次推荐过
的《马岭镇》。

【黄开兵编后随记】

这个风格是苦楝树最擅长的。他处理意象拿捏得很到位，大局和
细节都很注意。

深夜，遇见一棵草

黄小线

蹲下来，让它知道我的人格
今夜不再隐藏自己
低矮的，就放在低矮处

夜不能寐的事物，很多很多
三米外的小虫叫哑了嗓子
它像是呼救，想从黑暗里爬出

一棵草是没有声音的，甚至微风
吹过来，它就悄悄垂下头
什么都能忍住不说

【作者简介】

黄小线，1985 年生，广西南宁隆安县人。2014 年 4 月开始习诗，现居广州，为影视策划人。

【三个 A 推荐】

很多时候我们考虑的不是写什么，而是怎么写的问题，抒情诗同样如此。找到一个鲜活的切入点，就成功了一半。

【黄开兵编后随记】

其实，我读过黄小线很多作品，在不同的诗歌群里都能读到他的诗歌，他算是比较多产型的。可是说实话，他许多诗给我的印象并不是很好。总体的感觉是总是想说的太多，克制不住地抒情。这首终于能"忍住不说"了。

戴眼镜的人应该是圣洁的

刚　子

闯红灯的时候请摘下眼镜

随地吐痰的时候请摘下眼镜

把手伸向花朵的时候请摘下眼镜

在床上权色缠绵的时候请摘下眼镜

冷眼看人的时候请摘下眼镜

摘下眼镜吧

鼻梁挺了这么久，都累

举起屠刀的时候请摘下眼镜

比刀举高点

血溅不到的高度最合适

跪拜菩萨的时候请摘下眼镜

她脚下的莲

多像我们初入尘世时的那一瓣瓣心

【三个 A 推荐】

本季度即将收尾，刚子最后又写出了一首好诗。很期待他第二季的表现。

切入点找对了，事半功倍！从"小"到"大"的罗列，层层逼近，但作者没有停留在批判上，而是更进一步：宽容与忏悔。

马 年

杨 合

马年，属于速度之年

时间偏偏运转得慢

让我多做了三十天工

我的白发覆盖率增长明显

皱纹匀速发展

眉头曾经皱了三千下

手机号码保有量达一千五百

回一趟老家探望父母

和老婆红脸五回

骂儿子不争气四次

被人背后议论若干，无法统计

当面表扬无

这就是马年

我已经放下了的马年

【三个 A 推荐】

　　杨合是跟荣斌到西安领奖时参加了长安诗歌节，在朗诵会上，本诗当场被伊沙订货。当时听荣斌说，我就很期待。后来《新世纪诗典》推荐出来，读后感觉真好，调侃、风趣幽默。

【黄开兵编后随记】

数据时代，都习惯以数据来说明一切。但数据真的可靠吗？况且，还有实数和虚数呢！

扭干水分

石薇拉

一条毛巾
我扭掉百分之十的水分
妈妈扭掉百分之三十的水分
爸爸扭掉百分之五十的水分
奶奶扭掉百分之八十的水分
爷爷一扭
干了

【三个 A 推荐】

本诗在《新世纪诗典》推荐后，获得了很多好评，阅读量近二十万。其后还被奥地利翻译家、诗人维马丁翻译成英语和德语。AAA广西年度诗歌排行榜第一季度推荐就此结束，明年我们会努力做得更好，希望继续获得朋友们的支持！为了方便排版和阅读，我们把之前在微信群里互动的佳作排在后面。

【黄开兵编后随记】

AAA广西年度诗歌排行榜第一季以90后的蒋彩云开榜，以00后的石薇拉压轴，表达了我们推荐的最初愿望：推出广西本土年轻一辈的新锐诗人。在实际的推荐过程中，我们偏重于关注年轻诗人的创作，可惜完全出乎我们的意料，广西 90 后诗人还没有脱离前辈们的影子。值得庆幸的是，我们发现 70 后、80 后的诗人非常优秀，甚至 60 后的诗人依然保持锐气，这让我们第一季的推荐能完美收官。谢谢一直关注和支持我们的朋友！AAA 推荐，AAA 诗歌！我们会坚持做下去，而且会越做越好！

AAA 诗歌榜互动作品选

显微镜

拓　夫

我想把誓言和忠诚

爱情和历史

甚至一个国家

都放在镜子下面

老　家

拓　夫

那些山山岭岭

全都戴上了速生的假发

喉咙一般的老井

干咳不止

弯曲的渠道

排泄不畅

站在小时候的稻田里

干硬刺痛脚板

牛和蜻蜓

不知去向

村子里黄昏的炊烟

软弱无力

我在一片苍老的白云上

写下两个字——

土地

想和苏先生聊聊

拓　夫

明月几时有

丙辰中秋欢饮达旦

你已经大醉

还兼怀子由

宋朝的酒

度数应该不高

苏先生看来酒量一般

只是这一醉

醉成水调歌头

把酒问天

阴晴圆缺

悲欢离合

果然至今难全

那又有什么关系

且乘风归去

管它琼楼玉宇

天上人间

高处风寒

聪明误你一生

但仍是不妨

冬夜围炉

挑灯看剑

如今又是中秋

我洒一杯月色遥相祭奠

多少前朝风雨　今世仇怨

花谢一篇

叶落一篇

如果　你穿越而来

今夜必定

诗酒婵娟

镜面边缘蠕动着一条虫

黄仁锡

当刷完牙
洗完脸
要照看脸面时
看见了它
它的动作很慢很悠闲
它是看见了我的
我相信
但它仍然这么慢这么悠闲
并且开始爬向镜面中间
爬到我的脸上

与病无关

黄仁锡

医院里有三栋住院楼
分别是
一号住院楼
二号住院楼
三号住院楼
一号住院楼最高

有 28 层

二号住院楼 25 层

三号住院楼 22 层

孩子住在一号住院楼

我问儿子的主管医师

三栋住院楼为什么不一样高

那个脑科专家用右手把眼镜往上推了推

他说

刚建造的时候就是这个样子

一直是这个样子

以后也不会改变

说完他把眼镜拿下来

仔细擦着镜片

一会儿，像突然惊醒了过来

抬起头来问我

这好像与你孩子的病无关吧

月亮也不是个好东西

黄仁锡

喝酒回来的路上

月亮已经升上天空

我想看它到底圆到哪种程度

抬起头时

眼花

试了几次

都是这样

明天

明天就是中秋了

明天的月亮

不再是今天的月亮

红色区域

三个 A

这里的灯

红过灯具店里

所有的红灯

红过十字路口的红灯

这里的灯

长成四季盛开

每一盏都

独具匠心

灯亮起来

还有笑声

浪笑或苦笑

笑里藏针或

似笑非笑

这里的灯
照着肉体
和激情之后的
虚无
这里的红灯
一闪一闪
瞬间到来
又消失

沐浴月光

三个 A

为治愈恐高症
我要好好练习
从楼上跳下来
我想只要跳多了
以后就不会恐高了
我在楼底下
挖了一个水池
爬上一楼跳下来
感觉没有问题
我又爬到二楼
还是没有问题
我继续爬到三楼

之后又爬到四楼

爬到五楼六楼

我很高兴就要

治愈我的恐高症了

因为我相信

站得高才能看得远

没有了恐高症

我想站多高

就可以站多高

我要征服这个城市

所有的高楼

然后征服别的城市

所有的高楼

在我踌躇满志时

我爬到了八楼

不小心摔倒了

意外受了重伤

在医院治疗时

医生说恐高症

也是一种病

治愈的方法就是

沐浴月光

中秋节

三个 A

到处都在
兜售月光
我只想吃
一碗云吞

杀

划　痕

我发现它突然两眼翻白
我以为那是它的一种表情
是关于感激或者某种我所不能理解的情绪
所以我还想对它说，不用客气
稍后我又发现它步履不稳
两条前腿呈现跪的姿势
头颅还左右摇摆
我还以为它是用猪的方式表示感谢
心里不禁赞叹着，这猪比很多人类懂礼貌
最后我发现它嘴吐白沫
瘫倒在地挣扎着
鼻子哼哼出异于往常的声音

我这才慌了神
刚才我随手扔进猪栏的糯米糍粑
卡住猪喉咙了

等月亮

划　痕

我把刺猬和蛇赶走了
把玫瑰和夜来香拔去了
把石头粉碎，填平了路上的沟和坎
我还将黑水河引到别处去了
你喜欢古寺还是喜欢闹市
你喜欢桂树还是喜欢古榕
我该去何处等你
我已掸去衣角的尘与霜
我要准备一堆火或是准备一场雨
我要备浊酒还是备清茶
我终究是要等到你的
等你美满的圆等你疼痛的缺
你的圆可入药，医治众生的伤痛
你的缺可入住，安放世人的念想
而我想让你驻进我怀里

月亮，仅仅一个月亮

黄开兵

每次看见月亮

都是只有一个月亮

每次都仅仅是一个月亮

看到它瘦的时候也仅仅是一个月亮

看到它胖的时候也仅仅是一个月亮

李酒鬼抱着它

它依然只是仅仅一个月亮

苏馋猫问过它

它还是仅仅一个月亮

它只是一个

仅仅

一

个

月亮

台风都有一个漂亮的名字

黄开兵

哦，安娜

莲花

嗨，灿鸿

天兔

哈喽，浪卡

欢迎欢迎

随意了

到处逛逛

看看谁家屋顶盖得好不好

看看谁家粗心大意忘了关窗户

看看谁随意把车停在大树底下

看看那根电线杆立得牢不牢

有没有偷工减料

看看谁敢这个时候还不回家四处游荡

给他们一场艳遇

记住你们美丽的名字

影　子

娟　子

"医生，我发热全身肌肉酸痛"

我每次只是轻描淡写回答：

"疫苗的接种反应，正常现象"

一声不吭，一个个地离开了

剩下电脑反照的影子

看见的，往往不是真相

我不敢签上医生字眼

至于日期更不敢确定

直到我对着一面明净的镜子

一点一点照亮自己

512 病号

娟　子

新生儿重症监护室里

不时传出稚嫩的啼哭声

有的扎着液体，有的戴着眼罩

有的酣睡着，有的环顾四周

512 病号，差一点就举起了双脚

忽左忽右，摇晃着

像走那样

只因低体重 1800 克

用脚，路被删除了

她用一小块骨头

在夜里

敲出一丁点声音

念

荷 说

天上有个月亮
我也有一个
十五这天
我把准备好的月亮切成三块
爸爸一块
我一块
还有一块
照在妈妈坟前

月光老人

蒋彩云

一边吃柚子
一边看电视
突然狗叫了
推门出去一看
是月光老人
在唱我小时候
爱听的歌谣

AAA 广西诗歌排行榜 2015 年度十佳诗人

年度诗人金奖：拓　夫

年度诗人奖：荣　斌　陆辉艳　黄仁锡

年度新锐奖：苦楝树　荷　说　蓝敏妮　刘　痕

年度新星奖：蒋彩云　石薇拉

获奖感言

写自己喜欢的诗，是一件愉快的事

拓　夫

我曾经说过，文学是长在心里的一棵树，总要不断地生长才好。显而易见，生活，有滋有味的生活、有苦有乐的生活，就是保证这树能够生长的阳光、雨水、空气和土壤。

如果说文学是心里的树，那么，诗歌就是一树繁花了。是的，一年四季都开着，我看得见花的缤纷，闻得到花的芬芳，甚至感受得到花开的欢悦，凋谢的哀伤。

我也曾经说过，诗歌属于青年，而我已不再年轻。我说这句话的时候，更多的是指生理上的年龄。而当我发现自己还在不断地写，而且写得比从前更多（也许也更好）的时候，我意识到，我的诗心依然年轻。是的，在诗歌群里，我混在比我年轻很多的 80 后、90 后诗人之中，我与他们的交流是无障碍的，他们也都能接纳我。于是我醒悟过来：说自己不再年轻，其实只是写不出、写不好的一个借口，是为懒惰开的一扇后门。真正的诗人，即使老死，口授的遗言也要存有诗意。

我之所以说"写自己喜欢的诗，是一件愉快的事"，是因为我确实只是醉心于写作本身，很少考虑写出的诗要拿到哪里去发表。所以这么多年，我很少在所谓的大刊、名刊上发表作品。有人可能会笑：你想发就能发吗？是的，能不能在名刊、大刊上发表作品，肯定得由刊物的编辑说了算。但写了那么多年，我从来没给专门的诗歌刊物投过稿，这也是事实。

这本来是一件遗憾的事。诗歌写出来，如果没有读者，写得再好也不过是锦衣夜行。好在现在这个问题已经不成为问题——诗歌不一定要在刊物上发表才有读者了。有网络，有微信，现在又有 AAA 广西诗歌排行榜，我可以安静地写，随时地与读者和同道交流，这是一件多么愉快的事。

AAA 广西诗歌排行榜的榜主三个 A 和黄开兵都是广西诗人，一个在桂中，一个远在深圳。年初三个 A 提出要做一个榜，黄开兵积极响应，并把编辑的任务扛了下来。他们的口号是"只认诗歌不认人"，只要是广西作者，无论年龄职业，无论是否知名，只要是好诗，就力推。一年来，他们在自己艰难谋生、没有任何资助的情况下，想方设法发掘广西作者，精心挑选每一首作品，把这个榜坚持了下来，而且影响日大。如果没有对诗的执着和热爱，没有对乡土、对广西诗歌发展的强烈使命，这是难以想象的。作为这个诗歌榜的粉丝，我要对他们表示由衷的感谢和敬意。

至于被 AAA 广西诗歌排行榜评为年度诗人奖，这当然让我感到十分荣幸而且愉悦。我会把它当成一个很纯粹的荣誉。我希望我现在和以后的写作，都能对得起这个荣誉。

2015 年 10 月 16 日　时客京华

诗歌让我们与众不同

荣　斌

这个世界逐渐变得宽泛，但是我们所认识的诗歌仍然显得有些局促。

在一个娱乐大众化而诗歌小众化的浮躁的年代，我们的写作更具有极其难得的私密性与独立性，这是诗歌内核彰显的高贵属性。诗歌仿佛锃亮的钢铁，嵌在万物生长的大地上，它注定成为人类可以仰望的精神高度。

这也许正是我们一直坚持不懈并孜孜以求的心灵支撑点和现实理由。

在将近三十年的诗路上，我的喜乐愁苦，我的夙愿追求，无时无刻不与诗歌密切相关。无论挫败或成功，无论精彩或黯淡，我的血脉里，流淌的永远是不会静止的激情；我的天空下，红色信仰与蓝色自由竞相开放。

作为诗人，我被赋予的理性思想，由此牵引着感性的旗帜，在诗歌的道路上独自前行。

而作为普通一分子，我的生命因诗歌而绚丽多姿，我的人生因诗歌而花团锦簇。

感谢主办方，感谢评委会，将这一至高荣誉授予我这样一个平凡的写作者，让我的诗歌能够在诸多的华章中占据极其显赫的一页，我将与众多歌者一样，携带激情，闪亮登场！

感谢诗歌

陆辉艳

这些年的坎坷、挫折、苦难和疾病，足以让我一蹶不振。但是因为有了诗歌，我的人生发生了决定性的改变。是诗歌一直支撑着我，提醒我生命的存在感。也许这是上天的眷顾，当你一无所有，上天会带给你意想不到的惊喜：潜藏在生活深处的诗意。2015 年，感谢AAA广西诗歌排行榜授予我这个诗歌奖。我一直认为，好诗应该是有所发现。同样的，AAA广西诗歌排行榜发现了很多有潜力的诗人。因此，感谢这个平台，让更多的好诗人被发现。感谢三个 A 和黄开兵，他们为诗歌所做的努力，为人作嫁的精神让人敬佩，辛苦了！更要感谢诗歌，它让我的人生更加精彩和充满更多的可能性！

写诗是我每天献给自己的礼物

黄仁锡

第一次接触诗是读初三的时候，同桌拿来一本《唐诗三百首》，竖排，繁体字，我觉得这本书像同桌的父亲（一个中学语文老师）那样神圣，所以读的时候认真用心。而接触现代诗，是在读高三的时候，1984 年 6 月的一个周末，我在县文化馆的阅览室，第一次知道北岛、顾城、舒婷、杨炼这些名字，像是突然闯入一个陌生的环境，眼前是一个个金亮的名字，让我这个不速之客惊奇而激动。我把这些名字一个一个记下来，再收集他们的诗抄在下面，几年下来，一本厚厚的笔记本居然满了。现在想来，我也不记得收集到了多少爱恨、冷暖、雅俗、贵贱（后来因为顾城的杀妻自杀被忽视，最后在调动搬迁时丢失）。2012 年 4 月的一天，我与黄开兵相识，他把我拉进"五点半诗群""新世纪诗典"等诗群，从此我步入另一个国度。在这个国度里，诗为我打开了一扇门，门里的风景是当下的，是自然的，是日常生活中的真实存在，这原汁原味的场景是我最喜欢的，于是我把经历过的看到过的听到过的想象过的生活进行分行，并且沉迷其中不能自拔，我的诗居然得到了伊沙老师的推荐，这是万万没有想到的。之后把诗发向一些杂志，没有得到认同，就再也没有发过（除非有约稿）。又因为别的原因让我时常处于一些人的鄙视之中，令我在极度自卑中，构筑防线，自己把自己圈住，为了达到娱乐自己的目的，力求把诗写得喜气些。AAA 广西诗歌排行榜出现之后，想不到我的诗又得到认可，并被授予 AAA

广西诗歌排行榜 2015 年度十佳诗人。

在此，我这个诗界的边缘人向 AAA 广西诗歌排行榜的主办者和组织者三个 A、黄开兵致以崇高的敬意，并向那些读我的诗欣赏我的诗的朋友致敬！

谢谢你们！

感谢我的母亲

苦楝树

感谢 AAA 广西诗歌排行榜，感谢热爱诗歌的朋友。这是我第一次获得诗歌类的奖项，既意外又惊喜，就像小时候在田里干农活时捡到了漂亮的陨石一样。

真正的诗人是热爱生命、热爱劳动和热爱思考的，他可以有点小坏，可以扮演各种各样的角色，最终他必须是诗人，回归到汉字里。

感谢诗歌！

感谢我的母亲！

从 AAA 广西诗歌排行榜开始

荷 说

喜闻获奖，得意了一阵，平静了一阵，突然开始心虚，觉得自己是占了诗的便宜。照例是要说些感谢的话，那就先从感谢开始：

接触写诗是在 2014 年底，遇到一个写诗的老同事，闲聊几句后，同事随口说了句："你喜好文字，若是无聊，可以写写东西。"我说："好啊！"应得很爽快，也不知当时哪来的豪气。起初写得很慢，同事问起，我便才又急急写一阵。不知为何，同事每问及，我就觉得好似做了对不起他的事。抱着这样的心态断断续续写了大半年，我的诗出现在 AAA 广西诗歌排行榜上，这是我写诗以来发表的第一首诗。我写的文字正代表我站立在陌生的人中，向所有人呈现一个真实的我和我所认知的世界。

之后的时间，我得以进入排行榜诗群，里面的人和诗都让我倍感意外，原来有这么多的人都在干着同样一件事：写诗。尽管我不了解他们为何写，但大概，写诗的确是一件挺带劲的事吧，它让人生轨迹不同的一群人，用诗交出自己。它更像是一个男人，一个练达、沉稳、睿智、温柔又风趣的男人。于是，我开始主动写，一发不可收。

当然，这只是个开始，在此，要认真感谢促成这个开始的老同事，感谢 AAA 广西诗歌排行榜，感谢所有理解，感谢包容，感谢诗。

只要一片雪就好

蓝敏妮

突然地喜欢诗，忘了是在哪一天。之前有友人建议写诗，我都没有丝毫动念。可某天突然想写了，盲目而稚气的句子。或许是突然厌倦了多年散文的表达，曾经那些文字像心上落雪一样，风卷霜雨，密密匝匝，而现在只想表达最少的，只要一片雪就好，一片已千言。

才涂鸦几首，2013年7月，我突然被吸纳入"麻雀诗歌群"，突然一下就认识那么多诗歌前辈，大家以各种美言鼓励我、推动我。突然，我在惶恐不安里从零开始去认识诗歌，从零开始去阅读去着笔，在真正意义上开始诗歌习作。

因对诗歌的喜爱而相互学习，我不断结识诗歌同行。同题诗写、"三人帮"诗歌互动、砸诗有话……大家在不同的平台相互激励，让我在这样的氛围中感动而踏实。但我没有大量的创作，我保持着慢写，认真表达真实的喜怒哀乐，我希望我的诗行能替一些人说话，让他们在我的字句里看到自己，从而宽恕、舍得、同情或担当。我力求完成自我的个体的真实，又符合大多数人的真实。基于类似的诗歌理念，我得到了不少诗人的认同与褒扬，更是激励了我的写作，也激增了我写作的自豪感。

我一直说我需要诗歌，在苍茫空荡的生活中，诗歌是我的一个稳固的支点。我还远远称不上一个诗人，两年了，我只是在去往诗歌的途中。有时候写了许多，却不愿意亮出来，好像那不过是写给自己读的，或者是想沉在黑暗里，藏起一个影子——诗歌文本的影子，一种既成的需要打破的思维。诗者就像一只翠鸟，孤独！但有明艳的翠色。现在，我四顾，不看见翠鸟，但我能感觉，每一只的嘴上都叼着一句暗语：影子在水中，而鱼也在水中。任何物象摇动，它们的头都不动……

我不知道我的诗作哪些好，哪些不好，我只记住，内心泛滥时只表达一句就好，漫天飞雪，只要一羽就好，这是"诗歌"教会我的，写诗如此，生活亦然。

感谢 AAA 广西诗歌排行榜，感谢广西 2015 年度十佳诗人新锐奖这份荣誉。这是雪入银碗的美意，远远超出了我"只要一片雪"的期许。感谢诗歌带来的厚重恩慈，我会继续写，写好每一行，不辜负每一份信任与爱意……

诗歌与我

划　痕

　　既然要说与诗歌有关的话题，请允许我提起一个名叫局陆屯的美丽的小村庄，那是我的故乡。那个地方不仅是我的故土，也是我的诗歌的根与摇篮，我内心的诗意就是在那里孕育，我笔下的诗歌就是从那一方水土长出来的。在我眼里，那里的青山绿水、一草一木，都是一个个灵动的字符，我稍微将它们点拨排列，便是一首首诗歌。我的诗歌就是这样，从故乡的沟坎里、土路边、河堤上、庄稼里冒出来的。所以说，我的故乡也就是我的那些诗歌实实在在的故乡。

　　——其实我想说的是：我的诗歌与我一样，如此的纯粹与普通！

　　因为普通，获悉自己荣获 AAA 广西诗歌排行榜 2015 年度新锐诗人奖时，我受宠若惊，这是我写诗以来所获得的第一个奖。

　　一个籍籍无名的普通人获奖，感觉很突然，继而是不知所措的紧张。在此，我首先感谢三个 A 兄和黄开兵兄以及各位前辈老师把年度新锐诗人奖授予了我。

　　这些年，我一直在遵从内心写诗，却从未能走远，也不介意自己能不能走远。我只是漫不经心地写着，就像故乡的草木一样随性地黄了或者绿了。对于诗，我只是纯粹地喜欢，只是因为喜欢而写，仅此而已。而且，我不是一个自信的人，对于自己的诗歌，我在书写的同时伴随着怀疑与否定。所以我只写着，却很少主动去投稿，因而我在刊物上发表过的作品少之又少。没想到自己竟然在这里被评为"新锐"，我都有点惶恐不安了。

相信每一个真正喜欢诗歌的人的写作都不是为了获奖，但有幸得奖，还是让人感到高兴的。像我这样一个处于边缘化的写作者，这的确是最好的鼓励。

在这物欲横流的时代，坚持写诗是难能可贵的。对我而言，写诗就像是外出的孩子归家、外出的游子回乡，根本就不需要刻意去坚持，诗歌的写作就是我生活的一部分。

诗歌，与空气、阳光、绿树及柴米油盐一样重要或普通，它就在我的生命与生活里自由地穿行。

有人说过这么一句话："我无法跟人解释诗歌是如何进入我的内心，又是怎样从内心突围的……"我也是，我也说不清楚，虽然说不清楚，但是我允许诗歌在生命里自由地进出。

这一次意外获奖，是大家对我的肯定和鼓励，也是鞭策和激励，在我个人的写作历程中算是一大突破了。既然诗歌与各位前辈眷顾我，我会以自己的方式坚持写下去。

再次真诚地感谢！感谢诗歌！感谢我身边的每一位良师益友！

有你们，有大家，一路相伴很感动，很开心，我会继续努力！

生活就是诗歌

蒋彩云

没有想过会获奖，所以觉得写获奖感言要比写诗难得多。

当然要感谢很多人，一路上对我的帮助和支持，认真写诗就是我对他们最真诚的感恩。

谈到诗歌，我不知道要说点什么，平时我总把要说的话写在了诗歌里，生活就是诗，诗里写满了生活，还有生活以外的一点想象和期待。

除了写诗，我还有很多爱好，很多诗都是在我旅游的时候写的，走在路上，或是在火车上，我拿出手机，或是一个小本子，用几行文字记录下我此时此刻的心情。这是一种没有任何目的的表白，就像跟最亲密的人分享秘密，在文字中找到心灵归宿感。

写诗让我感到快乐，这种快乐是写完一首诗后的释然。时常会在深夜的时候爬起来，写下几句话，然后再安然地睡去。

写着的我可以说是初生牛犊不怕虎，想到什么就写什么，有的写得很差，有的还算可以，有的别人喜欢，有的我自己喜欢，写了就留住，有空的时候又翻出来看看，修改一下，就像是看着以前的照片，是很特别的回忆和感受。

写诗不可能全靠灵感，所以我希望自己尽可能地多读书，看别人怎么写，别人怎么想，别人怎么活。会因为一首诗而喜欢一个人，也会因为一个人而喜欢上他写的诗。诗歌，就像生命的镜子，让我看见了存在的各种可能。

喜欢诗歌，就像喜欢运动，喜欢吃零食，喜欢唱歌，喜欢……不需要什么理由，就是很纯粹的喜欢，也是因为这种纯粹，让快乐也变得更加纯粹。

除了喜欢读现代诗，还喜欢读古诗，好的诗歌是经得起时间考验的，在时光的流逝中愈现光彩。从《诗经》到《楚辞》，从唐诗到宋词，字里行间有着活泼的真生命，热辣的真性情。

我毫无畏惧地写着，好与不好，都会坚持下去，终将会在时间里找到一个满意的答案。

获奖？

石薇拉

第一次读布考斯基的诗歌，也是第一次跟爸爸去参加他们搞的朗诵会。我没想到自己后来竟然会写诗并获奖。在小学时，我已经获得过多种奖了，可是，同样是奖，这一个奖，却是截然不同的感受和希望。诗歌？李白？这两个合起来，是谁都熟悉无比的。可是，当我跟诗歌合起来时，却有着一种激动与开怀！得到这个奖，并不是只有这些，而是支持、坚持，还有努力。谢谢！